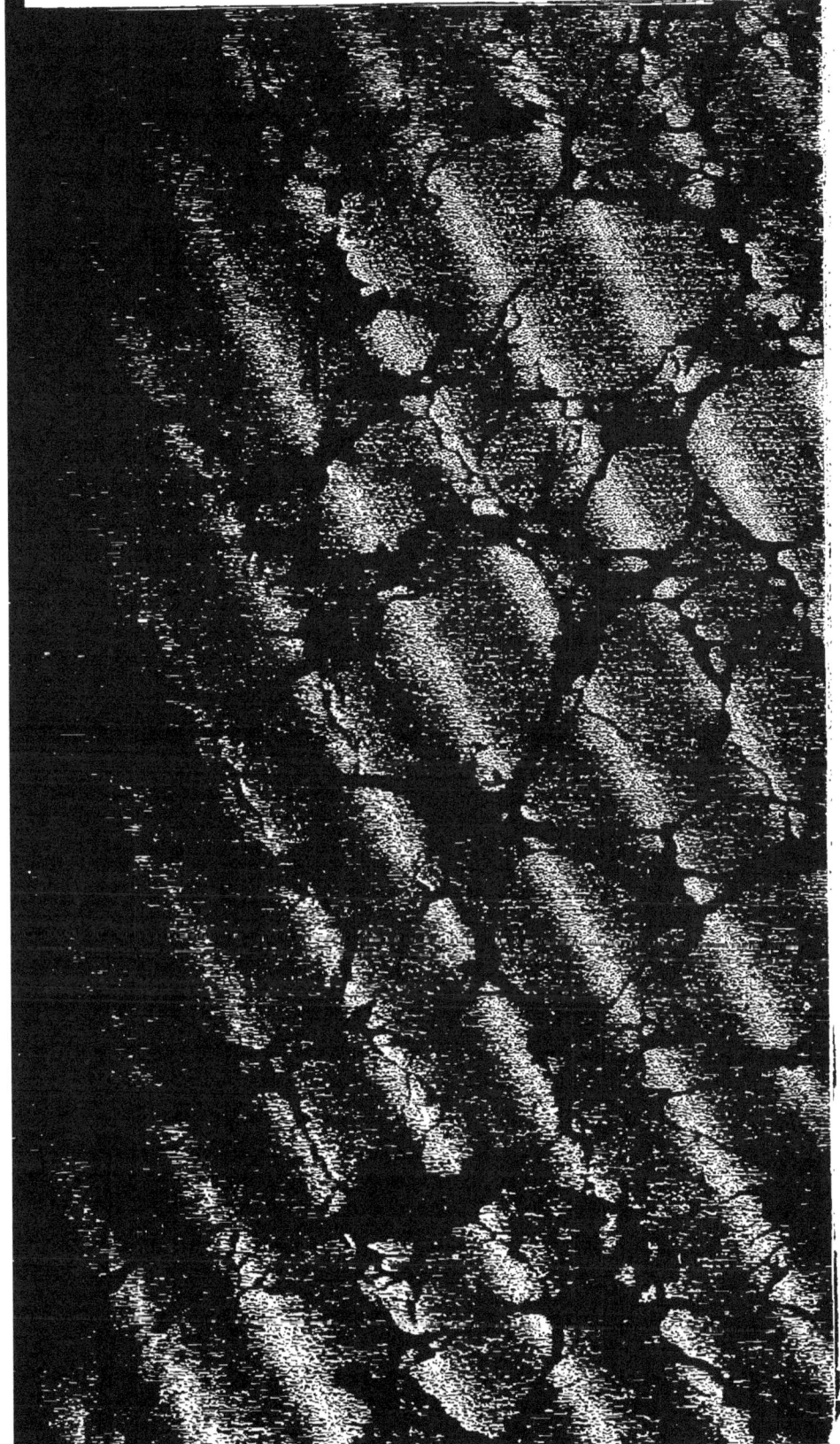

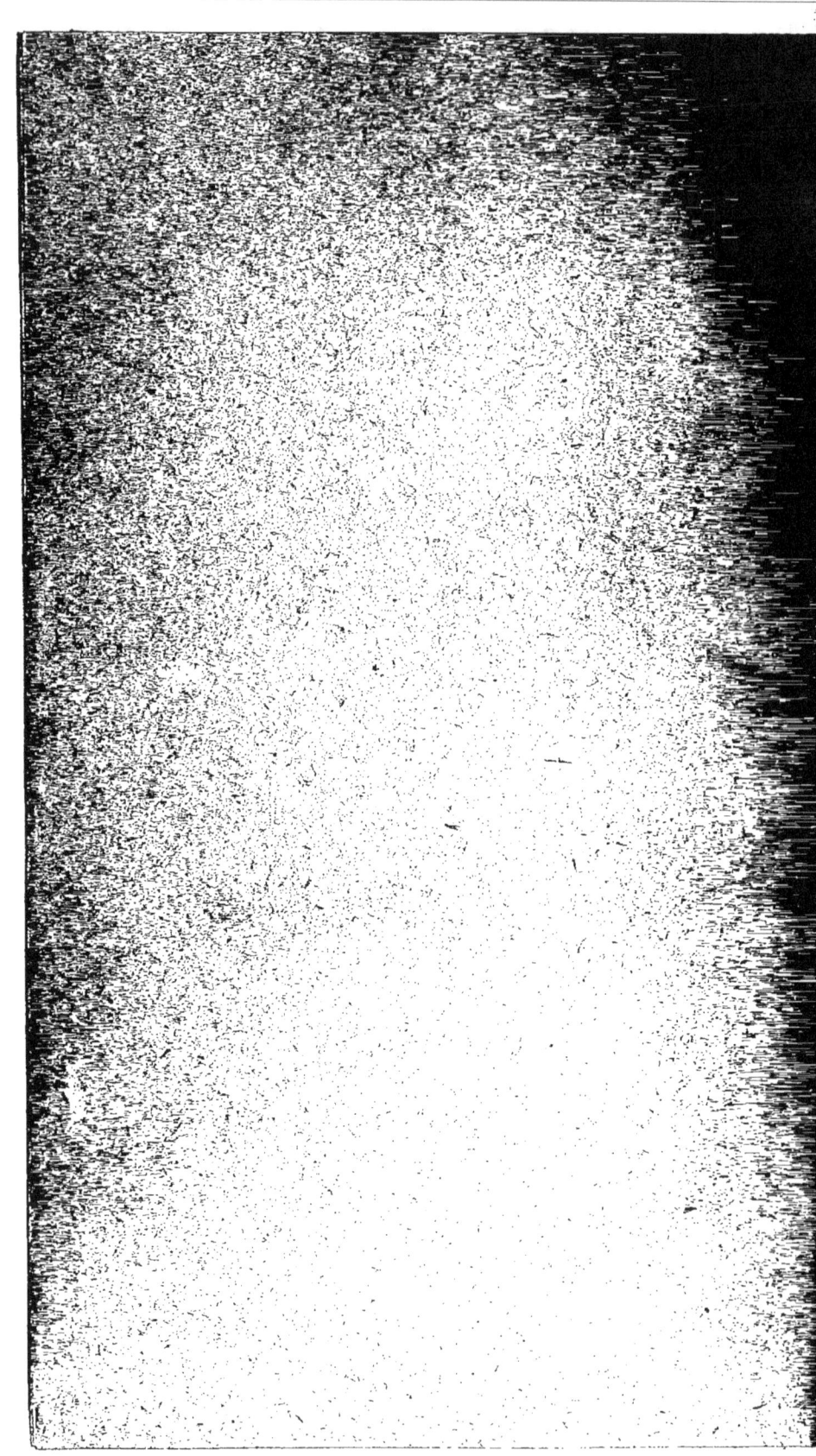

LE SCALPEUR DES OTTAWAS

ŒUVRES DE GUSTAVE AIMARD

A 3 FRANCS LE VOLUME

LES CHASSEURS MEXICAINS, avec gravure. . .   1 vol.
DONA FLOR . . . .   1 vol.
LES FILS DE LA TORTUE, 2ᵉ édit., avec gravure .   1 vol.
L'ARAUCAN, 2ᵉ édit., avec gravure . . . .   1 vol.

A 2 FRANCS LE VOLUME

UNE VENDETTA MEXICAINE, avec gravure . . .   1 vol.

OUVRAGES GRAND IN-4° ILLUSTRÉS
Voir le Catalogue général

GUSTAVE AIMARD & JULES B. D'AURIAC

A 1 FR. 25 LE VOLUME

L'AIGLE-NOIR DES DACOTAHS . . . .   1 vol.
LES PIEDS FOURCHUS. . . . .   1 vol.
LE MANGEUR DE POUDRE . . . .   1 vol.
L'ESPRIT BLANC . . . .   1 vol.
LE SCALPEUR DES OTTAWAS . . . .   1 vol.
LES FORESTIERS DU MICHIGAN . . . . . .   1 vol.
ŒIL-DE-FEU. . . . .   1 vol.
CŒUR-DE-PANTHÈRE . . . .   1 vol.
LES TERRES D'OR . . . .   1 vol.
JIM L'INDIEN. . . . .   1 vol
RAYON-DE-SOLEIL. . . . .   1 vol

Note de l'éditeur. — Tous les ouvrages de la collection à 1 fr. 2 seront édités dans le cours de l'année 1878.

Abbeville. — Typ. et stér. Gustave Retaux.

GUSTAVE AIMARD ET J.-B. D'AURIAC

LE

SCALPEUR

DES OTTAWAS

PARIS

A. DEGORCE-CADOT, ÉDITEUR

9, RUE DE VERNEUIL, 9

LE
SCALPEUR DES OTTAWAS

CHAPITRE PREMIER

ŒIL-SINCÈRE ET SON AMI ROUGE

Le nom de Massachusets doit son origine au
Sachem Indien Massassoït dont la peuplade habitait le territoire où se trouve aujourd'hui Bos-
ton.

Il avait deux fils que les Anglais appelèrent
Alexandre et Philippe. Pendant tout le cours de
son existence, Massassoït fut un fidèle ami des
Blancs, qui, à l'époque de sa mort, c'est-à-dire en
1661, atteignaient à peine le nombre de quarante
mille. Les dix mille Indiens, survécus aux dé-
sastres que leur causa l'invasion européenne,
voyaient leur nombre décroître chaque jour,

1

pendant que croissait rapidement celui des enva-
hisseurs.

Ce n'était pas sans motifs que les *Hommes-
Rouges* nourrissaient un instinct hostile aux *Vi-
sages-Pâles* : ces nouveaux venus, abusant de
la supériorité que leur donnait la civilisation,
tyrannisaient les indigènes, les pillaient, s'em-
paraient de leurs terres sans les payer ; ou bien
les enivraient avec l'*Eau-de-Feu* et profitaient
de leur ivresse pour leur extorquer des marchés
dérisoires, ruineux, injustes. Ensuite l'Indien
dépouillé, affamé, insulté par les auteurs de sa
ruine et de sa honte, voyait d'insolents intrus
profaner la terre sacrée où dormaient les os de
ses ancêtres. Alors, comme la bête fauve qui n'a
plus d'abri, le déshérité s'enfonçait dans les bois,
et y devenait féroce.

A la mort du Sachem, Alexandre son fils aîné
lui succéda pour quelques mois seulement, car
il mourut subitement en 1662.

L'autre frère, Philippe, dont le caractère était
hautain et indépendant, reçut des Anglais le so-
briquet de « Roi Philippe » : il ne tarda pas à
secouer le joug étranger, et déclara aux Blancs
une rude guerre.

Ce fut un dangereux adversaire : outre le naturel rusé , hardi et particulier à sa race, il possédait toutes les ressources de la civilisation. Sa
grande tactique était de n'agir qu'à coup sûr, et
après avoir mis tous les torts du côté de ses adversaires.

Ce petit préambule historique était nécessaire pour l'intelligence du récit qui va se dérouler sous les yeux du lecteur.

Une chaude et poudreuse journée d'été penchait vers son déclin : pas un nuage au ciel, seulement, dans l'atmosphère brûlante, de chaudes brumes voilaient l'horizon ; les feuilles pendantes sur leurs tiges semblaient se prosterner lamentablement devant le ciel pour lui demander de l'eau.

Un océan interminable de forêts vierges étendait de l'est à l'ouest sa surface verdoyante dont l'uniformité était rompue çà et là par une montagne pointue et rocailleuse.

Vers le Sud, dans une lointaine perspective, miroitaient, comme une glace unie et transparente, les eaux calmes de la baie de Massachusets. Pas un souffle de vent ne ridait l'onde, pas un bruit ne murmurait dans l'air : seulement par intervalle surgissait et s'éteignait presque aussitôt le furtif bourdonnement d'un insecte.

Sur un tronc d'arbre renversé était assis, ou plutôt couché, un homme que personne n'aurait pu se refuser à considérer comme un chef-d'œuvre de laideur : ses cheveux, rudes et jaunes comme du fil de laiton, frisaient sur sa tête en boucles serrées et couvraient son front presque jusqu'aux yeux ; ses traits étaient un tissu de contrastes bizarres ; sous un énorme nez ro-

main figurait une bouche fine et un petit menton
de femme, tous deux remarquables par leur
grâce et leurs contours arrondis ; son œil franc
et sincère avait ce velouté humide et lumineux
d'un regard de jeune fille, mais au-dessus surgissaient, en arcs touffus et formidables des
sourcils qui pouvaient rivaliser triomphalement
avec une brosse ; réunis au milieu du front en
forme d'étoile, ils semblaient figurer un point
de mire pour la balle de quelque ennemi.

Au premier coup d'œil, sa surface était celle
d'un monstre : pour quiconque le connaissait,
cet homme était un cœur chaud, généreux, dé-
voué, prêt à tout pour rendre service à un
ami.

Son costume était celui des Trappeurs Améri-
cains de la frontière ; culottes et grandes guêtres
en cuir de daim tanné à l'Indienne ; blouse en
grossière toile bleue, vastes poches en peau, avec
des franges de coton écarlate.

Peter Simpson était un vrai fils des bois ; depuis son enfance il habitait le désert. Aussi les
superstitieux *Settlers* (fermiers défricheurs) le
considéraient comme un produit direct de la
forêt, comme une plante poussée dans les broussailles. En effet, la solitude était sa famille, sa
mère, sa femme, ses enfants ; il n'aimait qu'elle,
ne trouvait de plaisirs que dans son atmosphère
mystérieuse, ne vivait que pour elle.

— Finalement, je m'abrutis à rester là si longtemps, je vais fondre, os, graisse et chair à ce

soleil rôtissant. Fait-il chaud?... ajouta-t-il en
se questionnant lui-même... Puis, il continua
pour faire la réponse : — S'il fait chaud !.... Je
me connais en chaleurs et en coups de soleil ; eh
bien ! je déclare qu'aujourd'hui c'est un coup de
feu, oui! — Mais que, diable! fait donc cette *Peau-
Rouge*, au lieu d'arriver?.... Il est midi passé et
je l'attends depuis ce matin. Ouf! Je suis rôti
c'est sûr... voilà que je commence à fumer.

La Peau-Rouge attendue était un guerrier Mohican. Entre lui et Simpson existait une vieille
et robuste amitié: quelques semaines auparavant, en se séparant pour une expédition, ils s'é-
taient donné rendez-vous dans le lieu où attendait
le chasseur, et ce retard inaccoutumé n'était pas
un médiocre sujet d'inquiétude pour ce dernier
qui était arrivé au moment fixé avec une ponc-
tualité parfaite.

Ce qui augmentait sa perplexité, c'était la
crainte qu'il ne fût arrivé à son camarade quelque
mauvaise aventure dans une rencontre avec
d'autres tribus Indiennes. Car les Mohicans
avaient pris le parti des Anglais dans la guerre
contre Philippe ; et les autres Peaux-Rouges n'a-
vaient pu leur pardonner cette alliance avec les
étrangers détestés.

Les heures s'écoulèrent sans que l'Indien ar-
rivât ; l'impatience de Peter allait croissant et
se manifestait par les signes les plus évidents.
Tantôt il se levait pour arpenter avec agitation
le terrain de long en large ; tantôt il se rasseyait

avec un calme forcé et restait quelques minutes immobile, la tête plongée dans ses mains qui fouillaient son épaisse et rude chevelure.

— Oui! grommela-t-il tout-à-coup ; ils ont fait un mauvais parti au Mohican... que le tonnerre les confonde! S'il en est ainsi, ils entendront parler de moi et de mon amie Nancy.

Nancy était le nom de baptême de sa carabine.

— ... Mais le pire de tout ceci, c'est que je ne sais où prendre sa piste, parce que je ne sais où il est allé en expédition. Ah! ma foi! je coucherai ici cette nuit; et si vous finissez par venir, Monsieur l'Indien, vous m'y trouverez...

Son monologue fut interrompu par un bruit furtif et lointain qui frappa son oreille vigilante et exercée; il bondit vivement derrière un gros tronc d'arbre, en homme accoutumé à se mettre en garde contre tout danger imprévu : ainsi abrité il épaula son arme et se tint prêt à faire feu.

Pour cette fois les précautions furent inutiles, le cri de l'oiseau moqueur retentit sous la feuillée. Ce cri était si naturel que tout autre forestier aurait été trompé ; mais pour Peter c'était un simple signal: sortant aussitôt de sa cachette et plaçant ses deux mains devant la bouche il répondit par le cri du faucon, imité aussi avec une incroyable perfection.

— Ah! vous voilà, Peau-Rouge, dit-il en voyant apparaître un Indien de tournure athlétique;

vous êtes en retard... qu'y a-t-il donc de nouveau ?

Le Mohican, dont le nom était Assawomset ou, suivant une abréviation de Peter *Assa*, s'était assis sur le tronc d'arbre.

On n'aurait pu rêver un plus noble type de la race Indienne ; son visage était régulier, intelligent, expressif ; sa musculeuse stature pleine de souplesse et de grâce sauvage. Simpson paraissait deux fois plus laid, à côté de lui.

Après avoir serré cordialement la main que lui tendait son ami blanc, l'Indien répondit par un seul mot :

— Mauvais !

— Ah ! ah ! c'était mon idée, Assa ! Eh bien ! qu'est ce que c'est, dites ?

— Philippe mauvais, répondit l'Indien en détestable anglais ; Pokanokets, Wampanoags, Ottawas, — tous mauvais — ont déterré la hache et fumé la pipe de guerre. — Tous guerre et sang, — les hommes blancs seront scalpés.

Simpson fit entendre avec précaution un long grognement de surprise : il ne s'attendait pas à voir entrer dans la lutte les tribus puissantes qui venaient d'être nommées.

— Vraiment ! observa-t-il, vous croyez qu'ils sont sur le sentier de guerre ? Je gagerais qu'ils paieront bien cher tout ça un jour. Avez-vous aperçu ces vermines, Assa ?

— Beaucoup, répliqua le Mohican la main étendue vers le nord-ouest ; ils viennent ici, — ils ont passé près d'Assa.

A ces mots l'Indien se leva, tourna le dos à Peter, et lui montra une blessure de flèche qu'il avait reçue au-dessous de l'épaule droite.

Simpson fit une grimace significative :

— Oui ! par le ciel ! ils ne se sont guères écartés du but. Mais, laissons les venir un peu dans les *Settlements* (fermes de culture européenne), ils y trouveront de bons lurons pour leur répondre. Voici mon avis, Peau-Rouge ; vous et moi nous allons partir pour rôder autour d'eux, je crois qu'il y aura quelque chose à faire. Un joli petit coup de main par-ci par-là ne vous déplairait pas trop, je crois.

L'Indien, sans parler, montra sa blessure ; ce geste fut accompagné d'un jeu de physionomie qui était la plus éloquente de toutes les réponses.

Chacun d'eux fit ses préparatifs pour une longue expédition ; ils visitèrent leurs armes, les rétablirent dans le meilleur état possible ; puis, après avoir vérifié l'état de leurs munitions, il partirent lestement, faisant disparaître toute trace de leur passage.

Il est utile, avant de poursuivre ce récit, de faire connaître un événement survenu quelques années auparavant dans l'existence d'Assawomset.

A l'époque où toute la population indienne avait encore d'amicales relations avec les blancs, Assawomset vivait en paix avec tous ses frères Rouges; il avait même épousé une jeune fille de la tribu des Ottawas.

Lorsque la guerre fut déclarée aux Anglais, le Mohican se retira avec sa femme vers les settlements européens, et se mit ouvertement du côté des Blancs.

Pendant un certain temps il ne fut pas inquiété : mais un jour qu'il était en chasse avec Simpson (auquel il donnait le nom d'*Œil-Sincère)*, quelques Ottawas envahirent son wigwam, le pillèrent, le réduisirent en cendres, et emmenèrent dans leur village sa femme ainsi que son jeune frère.

Assawomset furieux jura qu'il se vengerait d'une manière terrible, et que tous les complices de cette violence seraient scalpés de sa main.

La suite de cette histoire fera voir s'il tint parole.

CHAPITRE II

ALARME

La prise d'armes des Indiens fut bientôt connue dans les settlements les plus reculés : elle y jeta la consternation. Chaque mère, en couchant le soir son *baby* dans son petit lit, se demandait avec terreur si la frêle créature ne se réveillerait pas, le lendemain, dans un autre monde.

Des « signes » effrayants furent découverts par les espions ; des présages malheureux terrifièrent les esprits des Settlers.

Toute la contrée fut dans le trouble. Dans les naïfs chroniqueurs de cette époque, on trouve rapportées des histoires dont voici quelques échantillons :

« A Malden plusieurs personnes, un matin, auraient entendu en l'air, du côté du sud-est, une détonation énorme, puis d'autres crépitations sourdes exactement semblables à des décharges de mousqueterie, telles qu'elles ont lieu dans une bataille rangée. »

Or cette vision ou plutôt cette audition aurait eu lieu à une époque où les hostilités n'étaient point commencées, et par conséquent il ne pouvait y avoir de bataille.

« A Plymouth, on entendit plusieurs fois dans un même jour le galop d'une troupe de cavalerie invisible ; d'autres visionnaires aperçurent dans le ciel la figure sombre d'un arc Indien; ailleurs, on entendait chaque nuit des bruits étranges et des hurlements de loups comme jamais oreille humaine n'en avait ouï depuis la création du monde. »

Les sorcières — car il y en a partout — firent de fructueuses affaires en semant dans tous les esprits les craintes les plus extraordinaires : chaque ménage voulut avoir sa provision de prophéties.

Néanmoins les esprits forts, les robustes pionniers ne se laissèrent pas ébranler et n'interrompirent pas un seul instant leurs travaux : l'unique effet produit sur eux par ces rumeurs menaçantes fut de ranimer leur hardiesse et de les resserrer entre eux comme un faisceau contre l'ennemi commun.

Parmi eux se trouvaient de riches propriétaires, entre autres William Hendrick, dont l'habitation confortable et la vaste ferme couvraient le sommet d'une charmante colline. Sa réputation de loyauté, de courage et d'opulence s'étendait au loin : quoique bâtie en grossiers troncs d'arbres, sa maison était hospitalière ; l'aisance, le luxe même s'y montraient avec prodigalité.

Sa famille se composait de cinq personnes : Lui, trois fils et une fille : Mistress Hendrick était morte depuis peu d'années.

Un matin, on vit arriver à grands pas un jeune homme qui se hâtait de parcourir les deux milles séparant le village de la ferme : en entrant dans la cour il fut salué par Monsieur Hendrick lui-même.

— Bonjour, Robert. Vous me paraissez joliment pressé ; sans doute vous nous apportez des nouvelles d'importance.

Les deux amis se touchèrent la main cordialement.

— Oui vraiment, sir, répondit le jeune homme, mais ce que j'ai à vous dire ne doit être entendu par aucune autre oreille que la vôtre.

— Venez donc par ici, alors, répliqua M. Hendrick en l'attirant derrière une façade dans laquelle n'apparaissait aucune fenêtre ; ici nous pourrons parler sans crainte d'être interrompus.

— Mes inquiétudes sont peut-être exagérées, dit alors Robert ; mais j'ai regardé comme un devoir de vous les faire connaître : je viens donc vous avertir des projets sanguinaires concertés par les Indiens, et de leurs préparatifs alarmants. Nous autres, gens de la plaine, avons attendu toute la semaine Peter Simpson et son ami le Mohican, dans l'espoir qu'ils nous apporteraient quelques détails, mais nous n'avons eu d'eux aucune nouvelle. Avez-vous entendu parler de la mort de John Sassamon?

— Non! répliqua M. Hendrick.

— Vous m'étonnez, sir; tout le monde en parle.

— Et, quand cette affaire là est elle arrivée?

— Je ne pourrais vous dire la date précise; mais cette tragique affaire est attribuée à la méchanceté de Philippe, « le Roi Philippe ».

— Je pense bien que ce chef dangereux n'est étranger à aucune scélératesse. Contez-moi, je vous prie, les circonstances de ce meurtre.

— Sassamon était un Indien, partisan de Philippe, en dernier lieu: mais il avait vécu longtemps parmi nous, il parlait notre langue, il avait même été converti à la religion chrétienne. Il y a quelque temps il avait été envoyé en mission chez les Namaskets; pendant son séjour chez eux il eut vent, je ne sais par quel moyen, des complots de Philippe contre nous. Immédiatement il fit donner avis de cette conspiration au gouverneur de Plymouth. Mais la méfiance des Indiens s'était élevée contre lui, ils le soupçonnèrent de trahison : peu de jours après on trouvait son corps inanimé dans l'étang d'Assawomset. — Trois Indiens ont été arrêtés, jugés et exécutés; un seul a fait des aveux établissant leur complicité. Mais une charge étonnante s'est révélée contre eux : les plaies du cadavre se sont rouvertes, dit-on, et ont répandu des flots de sang lors des confrontations avec les meurtriers. — Philippe voit maintenant qu'il faut

agir avec plus de mystère et d'activité que jamais : quand j'ai quitté le village, on disait partout qu'il marchait sur nous avec une troupe
considérable. Mon avis est que vous feriez prudemment de vous retirer avec votre famille dans
quelque souterrain, tout en dissimulant vos traces
avec le plus grand soin, de peur que les Peaux-
Rouges ne suivent votre piste. Le village sera
pour vous un lieu bien moins sûr que les souter-
rains ; notre *Block - House* (forteresse en troncs
d'arbres) est toute vermoulue et décrépite.

— Je vous suis on ne peut plus reconnaissant
de vos bons avis, mon jeune ami, et je vous en
remercie de tout mon cœur ; nous ne les perdrons
pas de vue. Mais entrons donc, Robert, ajouta-t-il
avec un sourire expressif ; Lucy sera, je pense,
charmée de vous voir ; cela compensera pour elle
la fâcheuse nature des nouvelles que vous apportez.

Une belle rougeur joyeuse monta au visage du
jeune homme ; il suivit son hôte sans répliquer.

Lucy Hendrick n'avait aucune prétention à être
ce qu'on appelle vulgairement une beauté. Mais
la simplicité naïve de son visage était relevée par
des yeux expressifs, des sourcils fins et élégants,
des cheveux noirs d'une abondance telle qu'elle
ne savait où les mettre. Elle était de haute stature,
mais l'élégance de sa taille, l'aisance de sa dé-
marche s'harmonisaient avec l'ensemble de sa
personne, et lui donnaient une sorte de grâce
sauvage qui avait bien son prix.

C'était, du reste, une bonne, franche et courageuse fille qui n'avait jamais su cacher sa pensée,
depuis dix-huit ans qu'elle était au monde.

A l'entrée de Robert, sans dissimuler aucune-
ment sa joie de le voir, elle lui tendit cordialement la main et le salua amicalement par ces
mots.

— Bonjour, Robert, quelles nouvelles apportez-
vous à cette heure? Quelque énormité, sans
doute?.. Je vois cela à vos airs sérieux et mystérieux! parlez, on vous écoute courageusement.

— Ce n'est rien, Lucy, rien, en vérité. Je passais
dans le voisinage et je suis venu vous dire bonjour.

— Robert! dit-elle en le menaçant joyeusement
de sa belle main rose, vous avez des secrets pour
moi! fi! je vous gronderai.

Avant que le jeune homme eût pu répondre, la
porte s'ouvrit sans cérémonie, et Œil-Sincère
entra : après avoir ôté son chapeau il s'assit comme
chez lui : ensuite il inspecta toute la société
réunie autour de lui et prit la parole :

— Bonjour à tous, comment va? au premier
coup d'œil je suis satisfait de votre santé. Maintenant il faut que je vous dise quelque chose :
vous, jeune fille, j'espère que vous ne pousserez
pas les hauts cris après m'avoir écouté, car je
vous sais vaillante. — En deux mots, voici l'affaire : plutôt vous quitterez cette maison, mieux
ça vaudra pour sauver vos chevelures du scalp.

Cette rude façon de dire les choses avait un

cachet de vérité qui apportait la conviction dans les esprits. Toute la famille Hendrick fût émue : le père et les fils sautèrent sur leurs fusils, Robert alla chercher le sien qu'il avait déposé dans les broussailles à peu de distance.

Cette promptitude d'action fit plaisir au chasseur :

— Bien ! j'aime çà ! dit-il. Çà prouve que vous avez du nerf : cependant il n'y a pas urgence de faire vos paquets de suite ; je veux obtenir un mouvement régulier, en dépit des Peaux-Rouges. — Vous, continua-t-il en se tournant vers Robert, courez au village : Prenez la grande route, au moins, là, vous aurez la chance de ne rencontrer aucun de ces païens. Racontez aux habitants ce que je viens de vous expliquer, et dites-leur de se mettre en campagne avec nous. Ensuite, revenez bien vite et apportez autant de poudre et de balles que vous en pourrez trouver, car je veux soutenir un vrai siége. Enfin, qu'on emmène bien loin toutes les femmes ; elles nous gêneraient et ne serviraient qu'à nous faire tuer un peu plus vite. En tous cas, persuadez-vous bien qu'il faut aller vite, parler peu, et faire beaucoup.

Robert obéit avec promptitude, sans s'arrêter à discuter l'avis du chasseur ; chacun reconnaissant la parfaite compétence de Simpson à bien juger la situation.

Après le départ du jeune homme on fit activement la revue des provisions ; on disposa en paquets, des couvertures, des vêtements, la garderobe de Lucy, des cordes longues et solides : chaque homme s'équipa complétement d'armes et de munitions en tout genre.

Le souterrain dont avait parlé Robert était situé dans une gorge rocheuse qui donnait entrée à une vallée étroite où serpentait un ruisseau se dirigeant vers le sud. Entre la ferme d'Hendrick et ce lieu de refuge, il y avait environ cent pas. On y arrivait par un sentier tortueux, bordé d'une clôture qui s'étendait jusqu'au ruisseau : le sol était battu dans ce passage, de manière à ne conserver aucune trace des pas. Le chasseur et Assa avaient remarqué tout cela en arrivant ; ils avaient organisé leurs plans en conséquence, et avaient décidé qu'on ferait fuir les Blancs par cette voie.

— Maintenant, enfants ! dit Simpson quand il vit tout le monde prêt, que chacun prenne son fusil et ne s'en sépare plus, car bientôt nous aurions besoin d'en tenir un dans chaque main, et qu'on sorte avec moi. Vous, miss Lucy, remettez un peu en ordre tout ce qu'on a dérangé par ici ; donnez à la maison l'air d'être restée seule pendant que toute la famille est allée en visite dans le voisinage ; vous, Squire, faites disparaître tous ces paquets ; arrangeons-nous de façon à ce qu'on ne puisse soupçonner nos projets de déménagement ; courons bien vite cacher tout çà dans le souterrain.

On suivit précipitamment le chasseur : sur le seuil de la grange, l'Indien Assa était assis : il se leva quand Hendrick passa, et le salua de la tête.

— A présent, enfants! quittez bottes et souliers. relevez les guêtres, et courez au ruisseau; je suis joliment pressé de vous voir loin d'ici. Pas par là, arrêtez! s'écria le chasseur, en les voyant se diriger vers l'eau en ligne droite; prenez-moi donc ce sentier tortueux, caché, dur comme la pierre, et qui ne trahira pas votre passage : vous pourrez remettre vos chaussures lorsque vous aurez franchi le ruisseau : prenez bien garde de ne froisser aucune broussaille et de n'arracher l'écorce d'aucun arbre.

Assa avait également pris la précaution de quitter ses mocassins, quoique leur semelle beaucoup plus molle que celle des autres chaussures ne semblât pas devoir laisser d'empreintes. Peter s'empressa de suivre son exemple.

— Maintenant, Squire, dit-il, prenons garde où nous mettrons le pied, et en route.

Les efforts du chasseur tendaient surtout à dissimuler autant que possible aux Indiens la direction prise par les fugitifs ; et, dans le cas redoutable où ils découvriraient leur piste, à les laisser dans l'ignorance du nombre d'individus qui composaient la petite troupe.

Lorsqu'après des précautions inouïes on fut arrivé au bout de la clôture derrière laquelle se trouvait le ruisseau, le chasseur et l'Indien revinrent sur leurs pas, étudiant le sol avec une scrupuleuse attention, et effaçant jusqu'aux moindres vestiges.

Après l'accomplissement de cette dernière mesure de précaution, tous deux rejoignirent leurs compagnons et leur firent franchir la clôture, si adroitement que pas un fétu ne fut dérangé.

Enfin, une fois dans le courant, d'après les ordres de Simpson, la moitié des émigrants porta sur ses épaules l'autre moitié, et ne gagna la rive qu'après un assez long parcours au milieu de l'eau, et seulement sur un bord rocailleux où toute trace de pas restait parfaitement invisible.

Moyennant toutes ces précautions, la famille Hendrick put croire qu'elle avait parfaitement dépisté les ennemis; et ce fût avec un vif sentiment de soulagement qu'elle s'enfonça dans le souterrain.

Revenons maintenant à Robert. Il n'avait pas été long à regagner le village, et là, ses discours effarés produisirent une émotion facile à comprendre. L'imagination surexcitée des habitants ne voyait et ne rêvait plus qu'Indiens, carnage, désolation. Toute la population féminine se suspendait au bras des hommes, réclamant aide et protection, les embrassant de toutes manières, paralysant leurs mouvements, joignant le découragement au trouble.

Si les Indiens étaient arrivés en ce moment, leur œuvre de mort se serait accomplie sans difficulté. Cependant peu à peu Robert Willet arriva à calmer cette exaltation fébrile; par ses sages conseils des pensées plus utiles furent ramenées dans les esprits; chaque famille fit ses préparatifs.

A une extrémité du village était la vieille
Block-House, bâtie jadis en vue d'une semblable
occurence, mais qui n'avait jamais été d'aucune
utilité. Elle n'était pas trop démantelée, et moyennant quelques réparations elle pouvait rendre de
bons services.

Sa construction était toute particulière et diffé-
rait des autres édifices de ce genre. Au lieu
d'être carrée, cette forteresse avait la forme d'une
étoile, dont chaque rayon formait une saillie d'au
moins six pieds et était percé de meurtrières
pour la fusillade. Ces bastions saillants pouvaient se protéger mutuellement et croiser leur
feu sur l'ennemi.. Un fossé profond et facile à
submerger l'entourait, des talus en terre hauts
d'environ trois pieds protégeaient tout le rez-de-
chaussée ; enfin, un vaste toit formé de madriers
énormes qui débordaient tout autour, abritait les
assiégés contre une attaque dirigée d'en haut.

Willet, sachant bien que la famille Hendrick
était entre des mains capables de pourvoir parfaitement à sa sureté, était moins pressé de quitter le village où il était considéré comme une
providence. En effet, seul, au milieu de cette
foule aburie, il avait conservé son sang froid et
organisé un système de défense. Aussi ses
moindres conseils étaient exécutés avec empressement : les plus poltrons se sentaient revenir un
peu de courage en le sentant parmi eux.

Au coucher du soleil, toute la population du
petit village se trouvait réunie dans la forteresse,

dernier refuge de toutes ces existences menacées. Des provisions avaient été amassées pour un mois au moins : dans l'intérieur de la Block-House jaillissait une source abondante ; tous les besoins de la vie se trouvaient ainsi garantis contre les éventualités d'un siége. Il y avait également abondance de munitions de guerre.

Tout ayant ainsi été ordonné pour le mieux, Robert laissa le commandement aux mains du plus capable, et se dirigea vers la ferme, accompagné par les vœux et les remerciements de tous ceux dont il venait d'assurer le salut. Chacun lui recommanda la prudence ; enfin, on lui fit promettre de revenir le lendemain matin si la chose était possible.

Lorsqu'il arriva à la ferme d'Hendrick il faisait nuit close. Il fût d'abord extrêmement surpris de trouver la porte fermée à clef ; mais un instant de réflexion lui fit tout comprendre ; il se rappela qu'Œil-Sincère lui avait recommandé de revenir promptement ; le départ était chose urgente, on était parti sans lui : mais comment savoir par où on avait passé...? Son embarras ne fut pas de longue durée ; il connaissait à peu près l'emplacement du souterrain ; naturellement il s'orienta pour y aller, et partit sans perdre un instant, car les minutes étaient précieuses.

Cependant les ténèbres s'épaississant autour de lui, Robert reconnut bientôt l'impossibilité de découvrir les traces de ses amis, ou, s'il parvenait à les trouver, l'impossibilité de les suivre. Il lui fallut donc chercher un abri pour la nuit. Une grange se trouvait assez proche ; le jeune homme se dirigeait vers cet asile assez médiocre, lorsqu'une détonation d'arme à feu retentit au milieu du silence.

Il sentit un frisson passer dans tous ses membres : ce n'était pas de la poltronnerie, cependant, qu'on aurait pu reprocher à Robert : Il lui aurait été indifférent de se trouver en face d'un ennemi et d'engager une lutte mortelle. Mais l'idée de voir une bande toute entière de Peaux-Rouges lui tomber dessus à l'improviste n'avait rien qui pût lui être agréable, d'autant mieux que, dans cette solitude obscure, il ne devait s'attendre à recevoir aucun secours. L'amour de la vie se réveilla dans son âme ; il exhala un long soupir en prononçant le nom de Lucy.

Il fallait prendre un parti et agir sans retard. Robert pouvait encore espérer d'atteindre sain et sauf la Block-House ; il prenait donc son élan pour y courir lorsqu'un nouveau coup de fusil retentit à une distance plus rapprochée.

— Mon Dieu ! murmura-t-il, l'œuvre de sang est-elle vraiment commencée ? Et je suis ici ! ajouta-t-il avec amertume ; ici, loin d'eux, loin d'elle, inutile et solitaire, alors que j'aurais voulu combattre et mourir à ses côtés !

— Eh ! bien, suivant moi, vous ne devez pas vous inquiéter à ce sujet, jeune homme, fit une voix sourde à ses côtés.

Robert eut un ressaut ; il saisit sa carabine ;

mais son interlocuteur continua sans s'émouvoir:

— Tout beau ! jeune coq! pas de folies! suivant moi, vous aurez assez d'occasions de batailler avant que nous soyons sortis des griffes de ces vermines rouges.

Robert reconnut alors, dans l'ombre, les traits bronzés du chasseur Peter Simpson.

— Ah ! c'est vous, Œil-Sincère! lui dit-il.

— Moi-même, en chair et en os : mais si je vous avais laissé faire, encore un instant et vous m'auriez changé en Esprit.

— Je suis bien heureux de vous voir. Qu'avez vous fait de la famille Hendrick ? où est elle? quels projets de famille? que pouvons-nous faire pour le malheureux village? ne sommes-nous pas tous dans une triste position?

— Doucement, mon garçon, doucement! voilà des questions, la moitié plus qu'il n'en faut. Vous et moi, nous sommes destinés à faire un bon bout de campagne ensemble ; mais si vous commencez par m'accabler d'un déluge de mots, j'en perdrai la raison, et je ne saurai vous répondre une parole sensée. Qu'est-ce que vous m'avez dit en dernier lieu au sujet de notre position?

— Qu'elle était précaire et indubitablement fort dangereuse.

— C'est mon opinion; mais, suivant moi, voici le moment des petites paroles et des grandes actions: Les Indiens n'y vont pas de main-morte, comme vous savez. A propos, je gage que vous avez entendu les coups de feu, hein?

— Certainement ; savez-vous ce que ce peut
être ?

— Moi... je ne le sais pas peut-être; mais Assa
ne l'ignore pas, lui : il va être ici dans deux minutes. Suivant moi, ce ne serait pas mal pensé
que de lui faire un petit signal.

Au même instant le croassement d'un corbeau
se fit entendre à peu de distance. Involontaire-
ment, Robert tourna la tête pour tâcher de découvrir le sinistre chanteur nocturne. Peter se
mit à rire :

— Bon! voilà que vous y êtes pris aussi, vous !
je ne manque jamais mon effet avec les Blancs.
Le corbeau que vous venez d'entendre a son
bec dans mon gosier : vous ne saviez donc pas
que j'étais un ventriloque de premier numéro.
Ça m'a servi, jeune homme, çà m'a même servi
beaucoup : je ne vous dis que çà. J'ai vu une
fois deux Indiens regarder à gauche pendant que
je parlais à droite : cette petite erreur de leur
part m'a procuré la satisfaction de faire coup
double sur eux... Ah ! écoutez...

La répétition du même cri se faisait entendre
dans le bois derrière la ferme. Après quelques
instants d'un profond silence, un pas léger fit
frissonner quelques feuilles, et l'Indien apparût.

Assa paraissait sortir d'une lutte violente, sa
respiration était brève et précipitée, les veines
de ses mains et de ses bras tressaillaient comme à la suite d'un effort extrême. A peine arrêté
il chargea précipitamment son fusil.

2

— Oh ! oh ! dit Œil-Sincère, remarquant la vi-
vacité avec laquelle le Mohican procédait à cette
opération ; il vous a fallu jouer des jambes un peu
promptement, à ce que je vois, puisque vous
n'avez pu recharger en route. J'avais reconnu
le son de votre rifle : je le distinguerais entre
mille, ainsi que je le disais au jeune homme,
que voilà.

Simpson avait une certaine façon souterraine de
parler, qui ne faisait aucun bruit et ne s'entendait pas plus loin qu'il ne voulait. Cette « spécialité » était doublée d'un autre talent qui consistait
à avoir toujours une oreille au guet, occupée des
moindres murmures extérieurs. Il aurait ainsi
parlé un quart d'heure à son voisin de gauche
sans que le voisin de droite eût entendu même
un souffle ; et cependant lui, Simpson, n'aurait pas
cessé de guetter la marche d'une fourmi à vingt
pas de distance, sans se laisser distraire par aucun
discours.

Il s'arrêta tout à coup, pour épier certain frisson de feuilles qui lui paraissait suspect. Ses
soupçons éclaircis, il revint à l'Indien et lui demanda des détails sur le nombre des ennemis.

Par ses habitudes silencieuses, le Mohican était
l'exacte contre-partie de Simpson : sans rien dire il
montra deux scalps tout fumants et sanglants qui
pendaient à sa ceinture ; en même temps il indi-
qua la direction du nord-ouest.

Cette brève pantomime, inintelligible pour Robert, fut aussitôt comprise par le chasseur : il resserra sa ceinture, s'assura que son couteau y jouait facilement, jeta son fusil en travers sur son bras gauche et partit d'un pas de fantôme en faisant à ses deux compagnons, signe de le suivre.

CHAPITRE III

COURSE DE VIE OU DE MORT

La famille Hendrick, arrivée saine et sauve dans le souterrain, s'y barricada soigneusement après avoir fait disparaître jusqu'aux moindres vestiges qui eussent pu trahir la retraite et la livrer à ses sauvages ennemis.

Les fugitifs avaient suivi le lit du ruisseau jusqu'en face de l'entrée du souterrain : là, Assa avait grimpé au sommet d'un vieil arbre mort dont les grosses branches surplombaient l'eau ; il y avait solidement attaché une forte corde à l'aide de laquelle les provisions et bagages furent d'abord débarqués. Peter, d'en bas, dirigeait l'ascension et veillait à ce que le rocher ne fût pas même effleuré, non plus que les moindres broussailles.

Cette première opération accomplie, on prépara dans la corde une espèce de nœud qui formait un

2.

siége. Peter y plaça Lucy et, s'accrochant aux branches avec une agilité de singe, il l'accompagna dans son ascension. Après elle ce fût le tour de son père; puis, successivement, celui de ses frères. Ensuite la corde fut retirée avec les mêmes précautions, et l'Indien enleva une à une les moindres fibres, les moindres atômes suspects que son œil vigilant pût découvrir attachés au rocher.

Enfin eut lieu l'installation définitive dans l'intérieur du souterrain; elle fut bientôt terminée grâce aux bonnes dispositions adoptées; on fit, en outre, une abondante provision d'eau.

Puis, chacun s'accommoda de son mieux à l'idée de rester dans cette prison volontaire jusqu'à ce que l'orage sanguinaire fut apaisé.

Les jeunes fils Hendrick s'indignaient de rester dans ce qu'ils considéraient comme une inaction honteuse; mais leur impuissance en face d'une horde entière de Sauvages était évidente. D'ailleurs, il fallait bien que des défenseurs restâssent auprès de Lucy et de toute leur fortune pour le cas fatal où leur retraite serait découverte.

Il n'était pas dans l'intention de Peter de quitter le souterrain avant le point du jour : les instances de Lucy le déterminèrent à se mettre en quête de Robert pour l'amener en lieu sûr, s'il était possible.

— Qu'avez vous donc tant à vous inquiéter de ce jeune homme? lui demanda-t-il malicieusement.

— C'est *notre* meilleur ami.

— Bien ! bien ! je trouve vive cette amitié... pour une simple amitié ! mais, quoiqu'il en soit, n'en parlons plus, je vais l'aller chercher.

Sur ce dernier propos, il partit délibérément avec Assawomset.

Quand ils furent à quelque distance, Simpson dit à son compagnon :

— Maintenant, Assa, il nous faut tâcher de trouver ce garçon là le plus tôt possible ; car, suivant moi, un petit temps de sommeil ne nous contrarierait ni l'un ni l'autre.

— Moi n'y pas aller — veux savoir où est Philippe.

— Ah ! ah ! c'est votre idée ? eh bien ! allez. Nous nous retrouverons cette nuit dans la ferme, s'il y a moyen ; si je ne vous revois pas, ce sera moi, ensuite, qui vous chercherai.

L'idée du Mohican, (comme disait Peter,) était en effet de guerroyer ; il avait depuis longtemps un compte à régler avec Philippe, et le coup de flèche reçu dans l'épaule pendant la soirée précédente venait s'additionner au total menaçant de cette comptabilité sanglante.

Les deux amis, sautant de branche en branche, s'élancèrent dans le lit du ruisseau, avec la précaution de ne poser les pieds que sur des pierres nues où nulle trace ne pouvait rester.

Ils suivirent ainsi le courant sur une longueur considérable, et n'en sortirent que sur un point rocailleux sur lequel ils étaient sûrs de ne laisser aucune empreinte.

Bondissant ensuite à plusieurs pieds de distance, avec une légèreté féline, ils se trouvèrent dans un sentier qui, des bois, arrivait à la ferme Hendrick et ensuite au village, après avoir serpenté sur une colline.

Ils retournèrent à reculons jusqu'au bois, s'appliquant cette fois à laisser des traces apparentes qu'ils redoublèrent et entrecroisèrent comme des gens qui vont et viennent en observant autour d'eux. Ils marchèrent ainsi jusqu'à l'endroit où ils avaient eu rendez-vous le matin du même jour.

De là chacun tira de son côté : Peter se rendit à la ferme et le Mohican partit agilement au « trot de chien », suivant l'expression Indienne, allure rapide qui fait d'un Sauvage le plus léger coureur de la création.

Leur calcul était adroitement combiné : à l'aspect de ces traces fort apparentes, les ennemis ne devaient pas manquer de croire que Peter et son compagnon avaient pris cette route pour se rendre au Settlement et avertir les Blancs de l'ouverture des hostilités. Dans cette persuasion, les Sauvages seraient aussitôt induits en erreur, et en suivant ces fausses pistes, marcheraient au rebours de la réalité.

Le Mohican courut pendant plus de deux heures sans s'arrêter. Arrivé au sommet d'un côteau, il aperçut en dessous de lui cinq Indiens qui gravissaient rapidement la pente, se dirigeant de son côté. Prompt comme l'éclair, il tourna les talons et s'enfonça dans le fourré.

Au bout de quelques instants un hurlement féroce arriva jusqu'à ses oreilles : à ce cri il reconnut que les sauvages étaient tombés sur sa piste, à l'endroit où il avait fait volte-face.

Ce hurlement était le début de la poursuite.

Tout en cheminant, Assawomset avait formé son plan de bataille, celui du dernier des Horaces : — échelonner l'ennemi et le battre en détail, — stratégie toujours favorable au lutteur agile, énergique et prudent.

Ralentissant un peu le pas, de façon à rester à portée de la vue malgré l'obscurité de la nuit, il épia le moment où apparaîtraient les poursuivants. Ce ne fut pas long : comme le Mohican s'y attendait, le plus agile coureur se montra en avant des autres, les narines dilatées comme celles du limier qui sent la trace fraîche du daim, la tête penchée, l'oreille au guet, le fusil dans la main gauche, prêt à épauler pour faire feu.

Assawomset, comme s'il eût voulu le guider dans sa poursuite, lança dans l'air une bruyante clameur de provocation. L'Indien s'arrêta une seconde, promena à la hâte autour de lui des regards méfiants, puis reprit sa course avec une nouvelle vitesse.

Ses compagnons continuaient de courir, espacés entre eux, et conservant toujours leurs distances respectives.

Le Mohican fit plusieurs zigs-zags dans le bois,

qui eurent pour résultat d'attirer son adversaire
à l'écart ; puis, tout à coup, il se laissa tomber par
terre comme s'il eut trébuché. Après s'être dé-
battu un moment, il se releva et reprit sa course
d'un air effaré ; l'autre, se croyant sûr de son
affaire, s'arrêta pour le viser et l'abattre d'un
coup de feu, mais il ne pût ayant aussitôt perdu
de vue le Mohican. Ce dernier, à son tour, profitant de ce que son adversaire était immobile et
facile à viser, lui lâcha un coup de fusil qui l'é-
tendit raide mort. Bondir sur l'homme abattu
et le scalper fut l'affaire d'un instant; après quoi
il se remit en course.

Bientôt le second Indien arriva près du cadavre
de son compagnon ; il s'arrêta pour l'examiner
un instant, et, le voyant inanimé, poussa un
hurlement de vengeance en s'élançant avec fureur
à la poursuite d'Assa. Ce dernier avait gagné une
avance considérable et dévorait l'espace, car il
prévoyait bien que tous les poursuivants fini-
raient par se réunir et l'accabler sous leur nombre, s'ils parvenaient à le joindre. D'ailleurs, son
nom mêlé à leurs cris de guerre, annonçait qu'il
avait été reconnu, et que les ennemis s'acharne-
raient avec toute l'ardeur d'une vieille haine.

Tout en courant, Assawomset avait rechargé
son fusil ; une fois l'arme prête, il ralentit un peu
son élan et regarda en arrière : Les trois derniers
Indiens, arrêtés auprès de leur compagnon mort
et scalpé, faisaient entendre des lamentations
furieuses. Au bout de quelques secondes ils se

remirent en chasse, laissant un d'eux pour garder
le cadavre.

Le Mohican eût un sourire de triomphe en
voyant celui qui les avait précédés, courant toujours en avant sans se préoccuper d'être seul;
Aussitôt prenant son tomahawk dans la main
droite, il se retrancha derrière un arbre, et laissa
tomber par terre son fusil comme une arme
inutile.

Son adversaire avait vu briller la lame au clair
de lune et en avait conclu que le Mohican était
armé seulement d'un couteau de chasse; il se
rua sur lui sans méfiance.

Mais Assawomset s'était baissé, avait repris son
fusil, et le reçut à la pointe du canon : frappé, à
bout portant, d'une balle dans la poitrine, l'Indien tomba à la renverse. Il avait à peine touché
le sol qu'il était scalpé.

Le Mohican, n'ayant pas le temps de retrouver
son tomahawk qu'il avait jeté dans les broussailles pour prendre son fusil, arracha celui que
tenait dans sa main l'Indien abattu ; puis il
reprit la fuite en faisant retentir les bois du
redoutable et fameux cri de guerre de sa
nation.

A ce moment, d'épais nuages vinrent assom-
brir le ciel, et répandre comme un voile dans la
forêt. Les deux Indiens survivants s'aperçurent
que toute poursuite deviendrait infructueuse ;
peut être aussi, le découragement s'empara d'eux
à l'aspect de leur second compagnon si rudement

tué : ils abandonnèrent la chasse et revinrent sur
leurs pas, la rage et la honte au cœur.

Ce fût alors qu'Assawomset, triomphant et dé-
barrassé de toute inquiétude, alla rejoindre Simpson dont il venait d'entendre le signal.

Les Indiens avec lesquels il venait d'avoir une
si chaude affaire, étaient les éclaireurs du gros
de l'armée que Philippe dirigeait contre la ville
de Swankey : personne, dans cette totalité, n'était
prévenu de son attaque ; aussi la troupe sauvage
y commit, dans l'ivresse d'un facile triomphe,
toutes les atrocités du meurtre, du pillage et de
la dévastation.

Revenons à Œil-Sincère, ou, si on aime mieux,
Peter Simpson, l'intrépide chasseur.

En quittant le Mohican il prit, comme lui,
toute espèce de précautions pour dissimuler sa
piste et se rendit au village. Il était curieux de
savoir ce qu'était devenu Robert, et de vérifier
comment il avait organisé ses moyens de dé
fense.

Le chasseur avait la prétention de juger un
homme à première vue : s'il lui convenait, tant
mieux ! s'il ne lui convenait pas, tant pis ! l'opinion était formée sans retour.

Or, Robert avait tout d'abord trouvé grâce devant ses yeux ; Peter l'avait jugé bon compagnon,
et des meilleurs, même ! en conséquence il lui
avait accordé amitié et protection : il n'aurait pas
souffert qu'un cheveu tombât de sa tête sans le
défendre à outrance.

Cependant, par instinct de cachoterie sauvage, Simpson, pour mieux approfondir son apprécia-tion, avait suivi en tapinois le jeune homme dans son trajet du village à la ferme d'Hendrick ; et il l'aurait escorté plus longtemps encore incognito, si la fusillade d'Assawomset n'était venue lui démontrer l'urgence de prendre en main le gou-vernement des opérations stratégiques.

Quand les trois amis furent réunis, Peter en-gagea la conversation, suivant son usage, avec sa voix de ventriloque.

— Eh ! bien ! ami Assa, combien reste-t-il de ces gred'ns là ?

Le Mohican leva la main droite dont trois doigts seulement restaient étendus ; de la main gauche il montra les deux scalps suspendus à sa cein-ture.

— Eh ! sur cinq, en coucher deux par terre, c'est joli ! mais il faut qu'ils aient une rude troupe s'ils se sentent capables de détacher ainsi cinq éclaireurs: hein ?... Vous, continua t-il en s'adressant à Robert, écoutez-moi bien : vous allez vous placer derrière moi, et me suivre tout droit, sans vous détourner le moins du monde, si vous voulez revoir jamais la jeune fille qui est dans le souterrain : et cela vous tient joliment au cœur, je le sais ; tout autant qu'à nous l'idée de donner une bonne frottée à ces Indiens. Mais, pa-tience ! chaque chose viendra en son temps, ou mon nom n'est pas Peter Simpson. — Assa, ne pour-riez-vous pas nous fournir un petit échantillon

3

de la musique que font ces vermines lorsqu'ils veulent se reconnaître par une nuit noire comme celle-ci ?

Le Mohican comprit à demi-mot ce que Peter voulait dire : il poussa un cri aigu et pénétrant, avec une telle force que les plus lointains échos des collines le répétèrent successivement. Cette clameur étrange flottait encore dans les airs, lorsqu'un autre cri semblable se fit entendre en face ; un autre lui répondit du haut des collines qui s'élevaient à droite ; un dernier signal arriva enfin des montagnes situées derrière.

Assawomset et Peter restèrent cloués au sol, comme s'ils eussent découvert une embuscade sous leurs pas. Peter, la main convulsivement serrée sur l'épaule de Robert, écouta pendant quelques secondes dans un silence haletant.

On peut juger de l'effet produit sur le jeune homme par ces sauvages et menaçants échos. La réalité, facile à comprendre, dépassait les plus sinistres pressentiments : les chasseurs étaient cernés de trois côtés ; ils ne pouvaient espérer d'échapper qu'à force de ruse et à l'aide de leur parfaite connaissance des bois.

Après une longue pause, Simpson murmura :

— Mohican, ça va chauffer plus que je ne pensais ; il ne faut pas nous amuser à regarder autour de nous. Avez-vous le souvenir d'une espèce de tanière marécageuse où nous nous sommes embourbés il y a environ un mois ?

— Oui ! moi connaître ! répliqua Assawomset après avoir donné un coup d'œil aux environs pour s'orienter ; — là bas, un demi-mille plus loin que la colline.

Et il se mit rapidement en route, suivi de ses deux compagnons. La direction qu'il prit était entièrement opposée à celle que suivait Peter, et les conduisait directement à une colline rocheuse dans les flancs calcaires de laquelle était le souterrain où s'était réfugiée la famille Hendrick.

La « tanière » dont parlait Simpson, était une de ces cavités naturelles que des convulsions inconnues du sol ont rendu fréquentes dans les montagnes américaines. C'était une vaste grotte ronde en forme d'œuf, ayant au moins cent cinquante pieds de circonférence et soixante pieds de profondeur. Ses abords étaient cachés si complétement par d'impénétrables buissons et un fouillis d'arbres entrelacés, que, pour la découvrir, il avait fallu que Peter y tombât sans l'avoir soupçonnée.

Incontestablement nos trois aventuriers y devaient être en sûreté ; aussi firent-ils la plus grande diligence pour s'y rendre, l'Indien marchant en tête, Peter et Robert le suivant à quelque distance.

Ils avaient parcouru à peu près la moitié du trajet lorsque le Mohican s'arrêta tout à coup, se coucha à plat ventre et écouta : puis, se relevant à la hâte, il revint précipitamment vers ses deux compagnons qui s'étaient arrêtés à son exemple.

— OEil-Sincère, ils viennent; — beaucoup de guerriers viennent par ce chemin.

Cela fut dit en idiome Mohican, langage qu'entendait très-bien Simpson.

— Ah! ah! ils sont là? sont-ils là? je m'aperçois que Nancy, répondit le chasseur en serrant sa bonne carabine,... Nancy a deux mots à leur dire. Mais je crois bien que ce sera pour demain matin seulement, car la nuit est trop noire, ces chiens sauvages ne pourront pas trouver notre piste avant le jour.

Sans parler, Assawomset se tourna vers le fourré le plus épais, et s'y plongea avec ses deux amis. Là ils attendirent en silence : au bout de quelques secondes, le bruit léger des mocassins annonça le passage d'une troupe d'Indiens, et ils virent défiler devant eux des Wambaniags. Le chasseur les compta ; lorsqu'ils eurent disparu, il murmura dans l'oreille de Robert :

— Ils sont juste vingt-quatre, ces mécréants : je suis bien sûr qu'ils donneraient quelque chose de bon pour savoir où nous sommes. Nancy se redressait toute seule à leur approche ; mais ne bougeons pas ; je parierais que derrière eux il y a encore quelque serpent rôdeur.

En effet, le bruit des pas de la troupe qui s'éloignait se trahissait encore dans le lointain lorsque le craquement d'une branche se fit entendre et on put distinguer l'ombre silencieuse d'un Indien seul.

Arrivé devant la cachette des trois amis, il tressaillit, s'arrêta, promena à la hâte des regards soupçonneux autour de lui, et poussa un cri bref et sourd auquel il fut sur-le-champ répondu de même par les guerriers déjà observés : en même temps on les entendit revenir sur leurs pas.

— Bien ! voilà du nouveau ! que la peste l'étouffe ! grommela Peter.

— Qu'est-ce que c'est donc ? demanda Robert avec un souffle de voix.

— Eh ! ces coquins maudits reviennent en arrière !

— Pourquoi ? savez-vous ce qu'ils veulent faire ?

— Non : nous ne le saurons que trop tôt.

— Ils ont l'air de se réunir en conseil de guerre.

— Suivant moi, ils retournent à leur camp.

— Ah ! ils vont allumer leur feu... sa clarté nous trahira, ils nous découvriront.

— C'est certain, jeune homme. mais je ne leur livrerai pas cet avantage.

— Quel est donc votre plan ?

— Oui... vous voudriez le connaître ; eux aussi sans doute. Vous êtes bien jeune encore, mon garçon, avec toute votre éducation prise dans les livres.

— Mais, pour l'amour de Dieu ! répliqua Robert

avec animation, cachons-nous avant qu'ils ne nous aient aperçus.

— Et préparons la peau de notre tête pour le scalp, n'est-ce pas? non, non, si-ir ; j'estime trop la mienne pour l'exposer ainsi! calmez-vous, enfant ; laissez-moi exercer mes *pouvoirs*, répondit le chasseur avec une nuance dédaigneuse dans la voix.

Pendant ce temps un Indien avait coupé avec son tomahawk une grande quantité de broussailles sèches. Cette opération terminée, il tira de sa gibecière un morceau de bois dur au bout duquel était pratiqué un trou : il le plaça perpendiculairement sur une branche sèche plantée dans la terre et dont le sommet aiguisé entrait dans le trou ; une petite bande de toile avait été interposée entre deux.

Son petit appareil étant ainsi préparé, l'Indien se mit à faire rouler rapidement le morceau de bois dur entre ses mains : le frottement eût bientôt produit de la chaleur suivie d'étincelles, et le feu s'alluma. En quelques instants, grâce à l'activité que lui donnaient les robustes poumons du sauvage le brasier s'illumina d'une flamme claire et brillante.

— Oh! oh! c'est à moi de dire mon mot, je pense, à présent que ce vieux grison à face de blaireau, a allumé son feu! dit Œil-Sincère.

La clarté du foyer devenait inquiétante, et Robert se sentait fort en peine lorsqu'il tressaillit en entendant un cri semblable à celui qu'avait poussé le Mohican quelques moments auparavant. Ce signal paraissait venir d'une grande distance, suivant une direction opposée à la retraite des trois amis.

Les Indiens, déjà installés autour du feu, se levèrent prompts comme l'éclair, et regardèrent attendant que le cri se renouvelât. Quelques secondes après il retentit de nouveau, mais plus éloigné : à cet instant il y eût un mouvement tumultueux parmi les Sauvages ; Robert se sentit vivement heurté par derrière et se retourna : il vit ses deux compagnons rampant agilement et sans bruit dans le fourré pour s'éloigner pendant que leurs adversaires s'agitaient entre eux. Le jeune homme se mit à ramper aussi, et tous trois parcoururent ainsi un espace d'environ cent pas. Arrivés au centre d'un énorme buisson ils se relevèrent : un regard les convainquit de la sécurité de cet asile.

— Que signifie donc ce signal, et pourquoi les Indiens ont-ils été si troublés? demanda Robert.

Peter ne se pressa pas de répondre, il donnait libre cours à une hilarité silencieuse :

— Eh! mon petit, ce sont là mes *pouvoirs*! dit-il enfin.

— Vos pouvoirs? vous ne me ferez pas croire que tout ce remue-ménage soit votre œuvre!

— C'est pourtant comme çà : e-xac-te-ment comme çà.

— Vous êtes donc ventriloque autant qu'un oiseau-moqueur?

— Vous dites...?

Robert répéta sa question.

— Pour ce qui est de l'oiseau-moqueur, j'en sais autant que lui et encore une fois davantage. Quant au *Ven... Ventroque*, comme vous dites, je ne connais pas cet animal:..

— Je m'explique, reprit Robert; être ventriloque c'est avoir le talent de contrefaire sa voix comme si elle provenait d'un lieu éloigné.

— Ah! oui; ce sont là mes pouvoirs! mais à quoi bon me faire cette question; ne m'avez-vous pas entendu? Je n'aurai pas de peine à recommencer...

— Non, non! reprit vivement Robert; notre sécurité ne serait pas de longue durée!

Les fugitifs reprirent leur course : le seul danger qu'ils eussent à redouter, pour l'instant, était de se heurter contre les sauvages qui s'étaient mis en campagne et couraient à l'aide des compagnons imaginaires suscités facétieusement par le cri de Simpson.

Ce dernier guidait la marche, Robert le suivait, et Assawomset venait à quelques pas de distance. Ils cheminèrent ainsi jusqu'au moment où le chasseur poussa une exclamation en s'arrêtant. Robert en conclut qu'ils étaient arrivés à la caverne désirée.

— Il est sûr et certain que nous y voilà, dit en effet Simpson ; nous y serons comme le poisson dans l'eau : et, s'il survient une bataille, nous aurons la partie belle pour écraser bon nombre de ces reptiles. Qu'en dites-vous, Assa ?

Ne recevant pas de réponse, il tourna la tête et regarda en arrière : Le Mohican avait disparu.

CHAPITRE IV

SUR LA PISTE

L'impression éprouvée par Simpson, en constatant la disparition de son ami, fut inexprimable : dans le cours de leur vie aventureuse et solitaire, les deux compagnons avaient couru ensemble bien des dangers contre lesquels ils s'étaient mutuellement protégés ; au travers de toutes ces vicissitudes leur amitié s'était resserrée, avait grandi ; leurs habitudes, leurs joies, leurs émotions étaient devenues solidaires ; Simpson considérait Assa comme un autre lui-même, une séparation entre eux lui semblait impossible ; perdre son « frère rouge », c'était pour lui perdre une partie de son existence.

Sa première pensée fût que le Mohican était tombé sous les coups de quelques lâches embusqués sur leur passage et qui n'avaient osé attaquer que l'Indien seul resté en arrière.

Sa seconde pensée fut de le venger : tout autre sentiment le trouvait indifférent.

Il resta longtemps immobile, la tête basse, murmurant des menaces inarticulées.

— Jeune homme ! dit-il tout-à-coup à Robert qui attendait dans une muette anxiété ; *ils* ont mis la main sur Assa, certainement ; et je ne suis pas homme à attendre qu'ils l'aient fait rôtir à leur infernal poteau de mort. Allez, suivant votre gré, au souterrain ou à la Block-House ; je ne vous demande pas de venir avec moi, parce que vos sentiments vous appellent ailleurs. Si je reviens, ce ne sera pas seul ; si vous ne me revoyez pas, vous penserez que Peter Simpson est parti pour un meilleur monde.

— Œil-Sincère ! ma vie est à votre service et à celui du Mohican, répondit chaleureusement Robert ; demandez-moi ce que vous voudrez je suis prêt à tout faire. — Je ne peux vous en offrir davantage.

— C'est bien, mon garçon, reprit Peter en lui serrant la main ; j'aime à vous voir ainsi, je ne m'étais pas trompé sur votre compte. Aussi j'accepte votre offre ; deux rifles valent mieux qu'un. Mais avant de vous mettre en campagne il vous faut aller au souterrain, et *leur* dire ce qui vient d'arriver. Vous leur avez porté de la poudre et des balles ?

— Oui, en aussi grande quantité que possible, et je leur en ai laissé une provision suffisante.

— Eh bien ! partons ! il faut y être avant le jour.

Les Diables-Rouges ne s'occuperont de mettre le
Mohican au bûcher que lorsque toute leur
canaille sera réunie pour la fête ; mais je
pense qu'ils entendront parler de moi auparavant.

Aussitôt le chasseur se mit en route à grands
pas, toujours marmottant de terribles menaces
contre la « vermine sauvage » s'il tombait un
seul cheveu de la tête d'Assawomset.

Heureusement le souterrain n'était pas très-
éloigné, car il faisait partie de la même colline
calcaire dont les flancs récélaient plusieurs grottes
profondes.

Arrivés au ruisseau, les deux compagnons descendirent dans l'eau et suivirent le courant avec
les plus grandes précautions pour ne laisser derrière eux aucune trace. Bientôt ils furent au pied
du vieil arbre qui surplombait au-dessus de l'eau.
Peter mit son fusil en bandoulière et se mit à
grimper en recommandant à Robert d'imiter tous
ses mouvements. Quelques moments après, leur
ascension était opérée, ils donnaient le signal
convenu, et l'entrée du souterrain s'ouvrait devant
eux.

L'aspect intérieur en était triste ; un petit feu
avait été craintivement allumé dans le fond, et ne
parvenait que d'une manière imparfaite à dissiper
l'humidité glaciale de ces régions sombres.
Devant le foyer cuisaient les aliments nécessaires
pour le déjeuner du lendemain.

On accueillit avec joie les nouveaux venus :

Lucy se hâta de leur servir à manger, chose dont ils avaient grand besoin.

La conversation fut peu animée tant que dura le repas : quand il fut terminé, Peter dit à la jeune fille, en lui désignant Robert :

— Vous voyez, miss, que je vous l'ai ramené ; mais j'ai le regret de vous annoncer que nous allons repartir tous deux ensemble.

— Ah ! et pourquoi ? demanda-t-elle avec un soupir.

— Pourquoi ?.. pourquoi ?.. ceci est une fâcheuse nouvelle. Ces damnés Indiens ont mis la main sur notre ami Assa, et nous allons nous mettre en campagne pour le délivrer, s'il y a moyen.

Alors il lui raconta leurs aventures de la nuit.

Robert eut une épreuve douloureuse à soutenir : Lucy, éplorée, s'efforçait de le détourner d'une entreprise aussi périlleuse.

Ce ne fut pas sans peine qu'elle se rendit aux généreuses observations de son fiancé, qui regardait comme un devoir d'honneur et d'amitié la campagne entreprise dans l'intérêt du brave Mohican.

Enfin, il fallut se séparer ; on se fit de tristes adieux et on vérifia l'état des munitions ; chacun en fit une provision convenable.

— Eh ! bien, garçon ! sommes-nous prêts ? demanda Peter.

— Oui ! répondit Robert d'une voix ferme.

— Alors, partons.

Lucy tendit son front pâle au jeune homme qui l'embrassa respectueusement.

— Écoutez-moi bien, vous autres, dit Peter, sur le seuil de la grotte : ne montrez pas, au dehors, le bout de votre nez et ne faites pas le moindre bruit. Nous reviendrons le plus tôt possible, dans un, deux, ou trois jours, suivant les événements ; attendez-nous avec patience. Vous avez une provision d'eau suffisante ?

— Oui, pour une semaine; répliqua Hendrick.

— Très-bien. Adieu à tous, et bon courage !

Peu d'instants après, les deux compagnons étaient au bas de la colline : là ils embrouillèrent leurs traces et suivirent leur route à reculons jusqu'après avoir traversé de nouveau la petite rivière : puis, ils regagnèrent le point où avait disparu le Mohican.

— Maintenant, mon jeune camarade, dit-il à Robert; il s'agit de savoir ce qu'est devenu le Mohican. J'avais eu d'abord quelque idée d'attendre le jour, mais je pense autrement à cette heure. Les gredins qui l'ont pris ont dû s'en aller sans perdre de temps rejoindre le gros de l'armée, et l'ont emmené avec eux. Philippe leur a certainement donné ses ordres ; il ne va pas *s'amuser* à un aussi petit gibier que ce settlement, il vise à une plus grosse chasse. Suivez-moi de très-près et mettez les pieds dans mes pas : attention.

Tous deux suivirent avec précaution le sentier par où ils avaient déjà passé lorsqu'ils se rendaient à la caverne. A peine avaient-ils marché pendant

vingt minutes que le chasseur s'arrêta brusquement, se pencha presque jusqu'à terre pour
examiner les broussailles, et dit à voix basse :

— Voilà l'endroit où il a été pris : regardez le
sol, comme il est égratigné ; et les branches,
comme elles sont fracassées. Je vous réponds
qu'il a dû leur donner du fil à retordre avant de
se laisser enlever : mais, comment se fait-il que
je n'aie rien entendu ? — Avez-vous quelquefois
suivi des pistes ?

— Jamais celles d'une créature humaine : des
pistes de loups ou de dains, oui ; mais rien de
plus, répliqua Robert.

— Enfin, vous ferez ce que vous pourrez ; vous
surveillerez les environs pendant que je démêlerai
les ruses de cette infernale canaille qui m'a emmené mon pauvre Mohican ; que le tonnerre les
confonde !

La bande qui avait capturé Assa, devait évidemment avoir rejoint une autre troupe campée dans
le voisinage : leurs traces qui, de distance en
distance, devenaient plus nombreuses confir-
maient cette supposition. Néanmoins, à cause de
l'obscurité de la nuit, il était fort difficile de reconnaître leur vraie direction : plus d'une fois, Peter
fut obligé de marcher sur les mains et les genoux,
e visage penché jusqu'à terre, pour ne pas perdre
la piste.

— Eh bien ! mon garçon, ça ne va pas vite, dit-il
tout-à-coup après une pause plus longue que les
précédentes : je crois qu'il nous faudra laisser cette

route ; suivant moi, ils ont tourné en arrière aussitôt le coup fait.

Ils changèrent alors de direction, et revinrent
en peu d'instants jusqu'au lieu où les Indiens
avaient campé. Là ils ne purent rien découvrir, quoique le chasseur, avec sa perspicacité
habituelle, eût fait soigneusement le tour de cet
emplacement. Alors il se mit à vérifier les
moindres objets dans le campement même, et
raviva les tisons demi-éteints du foyer.

— Ils ne sont pas revenus ici avec le Mohican,
dit-il en inspectant les environs faiblement éclairés par cette clarté mourante.

— Quel chemin croyez-vous qu'ils aient pris ?
demanda Robert.

— Je ne sais pas trop... il faut voir. Refaisons
donc le tour de cette enceinte ! passez d'un côté
et moi de l'autre : regardez, tâtez avec les mains
si vous ne pouvez voir, et, à la plus petite découverte, appelez-moi.

Le jeune homme entreprit sa tâche avec ardeur
mais sans obtenir aucun succès, il ne découvrit
pas un seul vestige.

Peter réussit un peu mieux : il trouva deux
pistes ; cependant, l'obscurité ne permettant
pas de les suivre, il se décida à attendre le
jour.

Heureusement, les premières lueurs de l'aube
ne tardèrent pas à se montrer, les deux amis
purent bientôt recommencer leur chasse.

Il y avait une piste qui menait à la Block-House,

l'autre se dirigeait vers la ferme d'Hendrick.
Après une courte hésitation et un examen ap-
profondi le chasseur se mit à suivre la dernière.

— Pourquoi choisissez-vous celle-ci ? demanda
Robert; moi, j'aurais pris l'autre.

— Vous êtes un innocent pour ces affaires-là,
et vous avez besoin de deux ou trois petites leçons
concernant l'art de suivre les pistes, répondit dé-
daigneusement Simpson.

— Eh bien ! je ne demande pas mieux que de
m'instruire.

— Les avez-vous bien regardées toutes deux ?

— Oui.

— Et vous auriez pris l'autre ? Hein ?

— Positivement.

— Quel âge avez-vous ?

— Je ne vois pas trop à quel propos vous me
demandez cela : j'ai vingt-six ans.

— Vous êtes assez vieux pour distinguer une
montagne d'une taupinière ; mais pour choisir
entre deux pistes vous êtes trop jeune, je vous l'ai
dit.

— Enfin ! ne m'expliquerez-vous pas vos motifs ?

— Oui,... quand vous m'aurez fait connaître
les raisons qui vous auraient fait pencher pour
suivre l'autre piste.

— Bien volontiers : dans celle que nous avons
laissée, les traces de pas semblent attester une
course rapide et régulière ; au lieu que, dans celle

que nous suivons les empreintes sont heurtées et irrégulières.

— C'est justement pourquoi je l'ai choisie. Tenez, halte un moment ! Distinguez-vous, là, le pied du Mohican ? ajouta le chasseur en montrant un monticule dont la terre molle avait conservé des vestiges profonds, bien marqués.

— En vérité, je le déclare impossible à voir : répliqua le jeune homme en souriant.

— Il n'y a pas de quoi rire, jeune marmot ! vous savez mieux lire dans un livre que dans les bois ; ici, je peux vous donner une leçon. Le Grand-Esprit a créé un homme pour ceci, un autre homme pour cela ; les uns pour vivre dans les Settlements, les autres pour vivre dans la forêt ; chacun a reçu ses pouvoirs. Moi, je peux vous dire quelles sont les traces d'Assa aussi sûrement que si je le voyais y poser le pied.

— Ah ! c'est trop fort ! expliquez-moi cela, je vous prie.

— Certainement, mon petit ami, certainement. Voyez-vous ces empreintes où le pied est plus profondément marqué que le talon ?

— Oui... Eh bien ?

Le chasseur, au lieu de répondre, se mit à faire une démonstration plus palpable que les paroles. Il fit quelques pas en courant, de manière à bien imprimer sa trace : puis, il marcha encore, mais en se penchant en arrière, comme quelqu'un qu'on pousse malgré lui et qui résiste.

Il n'en fallait pas tant à Robert pour comprendre ; ces dernières empreintes profondes du talon, indiquaient la marche contrainte du Mohican.

— Concevez-vous ça, maintenant ? demanda Œil-Sincère.

— Oh ! parfaitement : je ne me pardonne pas de n'y avoir pas songé plus tôt.

— Ah ! ah ! c'est un A. B. C. pour vous ! ça ne s'apprend pas dans dans les livres, reprit le chasseur en continuant sa course d'un air triomphant.

Le soleil s'était levé et inondait la terre de clarté : Simpson poursuivait la chasse avec une telle ardeur, que, par instants, Robert était obligé de courir pour lui tenir pied. Ils traversèrent ainsi plusieurs fois le ruisseau. Tout-à-coup ils se trouvèrent en face de la ferme d'Hendrick.

— Un petit coup d'œil dans la maison ! dit Peter.

— Certainement.

Les abords piétinés un peu partout indiquaient le passage d'une troupe indienne. Un brasier mal éteint fumait encore ; tout autour étaient les débris d'un repas.

Peter, plus ardent que jamais cherchait des « signes. »

— Trouvez-vous ?... demanda Robert après un long silence.

Avant de répondre, Simpson fit quelques pas, les yeux fixés sur le sol ; ensuite, il releva la tête et marcha vivement vers une touffe d'arbres.

— Euh...! mon garçon, je ne puis dire que j'aie trouvé quelque chose de bien flatteur. J'espérais que le Mohican aurait laissé sur son passage quelque « signe » pour moi ; je ne vois rien. Mais, pour sûr, il est venu ici, et j'ose dire que ces vermines qui l'entrainent ne semblent guère pressées.

— A quoi reconnaissez-vous cela ?

— Eh ! ne voyez-vous pas qu'ils se sont arrêtés à faire du feu, à faire la cuisine, à manger... que sais-je encore ! S'ils avaient eu hâte de s'éloigner ils n'auraient pas agi ainsi, voyez-vous, mon petit. Ils ne s'imaginent pas qu'on les suit : ils nous croient tous enfermés dans la Block-House, et ils ont dépêché là-bas quelques autres canailles de leurs amis, pour lui donner assaut. Eh ! s'ils nous savaient sur leurs talons, ils auraient mieux caché leurs pistes.

A ces mots, le chasseur revint vers la porte de la maison ; elle était fermée. Il alla visiter la grange : tout était dans l'état où on l'avait laissé. Les Indiens avaient supposé que la famille Hendrick était allée en visite dans le voisinage ; dans cette pensée, et convaincus que le secret de leur expédition n'était point encore connu, ils avaient épargné l'habitation.

— C'est bien là leur manière, observa Peter en croisant les bras sur le bout de son fusil et prenant une pose de professeur : voyez-vous, jeune homme, ces diables d'Indiens s'arrêtent surtout aux petites choses qu'un Blanc ne remarquerait pas. J'ai connu un pionnier qui, pendant longtemps, s'inquiéta fort peu des dégâts commis dans son voisinage par les Indiens : il allait au travail sans fusil. Tant qu'il agit de cette façon personne ne lui dit rien : mais voici qu'un jour il s'avisa d'emporter son arme avec lui : Oh ! son affaire ne fût pas longue ; les Peaux-Rouges remarquèrent ce changement, en conclurent qu'il se méfiait d'eux, et le tuèrent tout net, sans perdre un moment. — J'ai vu une famille vivre, manger, boire, dormir tranquillement, avec portes et fenêtres ouvertes ; les Indiens ne lui firent rien, et pourtant ils avaient tout brûlé et saccagé dans les environs. Cette famille finit par prendre peur, et se barricada chez elle : la même nuit, gens, bêtes, et maison furent brûlés. — Vous me croirez si vous voulez, jeune homme, mais je vous le dis, ce sont les méfiances et les méchancetés des Blancs qui ont rendu les Indiens méchants et sanguinaires. Lorsque les premiers Européens arrivèrent, le tomahawk ne se leva jamais contre eux avant que ces pauvres Peaux-Rouges eussent été tyrannisés de toute façon... Et encore maintenant, montrez du courage et de la confiance à un sauvage, soyez loyal avec lui, il ne vous fera pas de mal. Au contraire, il n'est pas de trahisons, de cruautés, d'injustices que les Blancs n'aient commises envers eux... tout çà a porté fruit ! aujourd'hui le sang coule, les maisons brûlent, les femmes et les enfants sont scalpés dans les bois. Il y a là une justice du Grand-Esprit, je vous le dis, mon garçon, il y a une justice... Mais je m'amuse à rêver là, comme une vieille femme, reprit brusquement Peter, nous avons autre chose à faire, marchons, marchons !

Les deux compagnons se remirent en route.

Une idée paraissait faire la jubilation du chasseur, c'était l'imprudence avec laquelle les Indiens laissaient derrière eux les traces de leur passage.

Tout en marchant il éclata de rire. Cette hilarité parut si surprenante à Robert, qu'il lui en demanda le motif.

— Oui, oui ! c'est drôle, répliqua Peter, je peux suivre leur piste les yeux fermés. — Oh ! oh ! qu'est-ce que ceci ? s'écria-t-il en s'arrêtant à l'endroit où le Mohican, la nuit précédente, avait tué l'un de ses adversaires.

— Assawomset aurait-il été blessé ? demanda Robert en apercevant les feuilles tachées de sang.

— Non certes ! ce que vous voyez là n'a pas coulé de ses veines, mais bien de celles d'un Ottawa : vous savez, un de ceux qu'il a scalpés la nuit dernière.

La chasse fut continuée en silence pendant plusieurs heures. L'après-midi ils arrivèrent à un endroit où les ravisseurs d'Assa avaient fait halte : Simpson se remit à chercher des « signes ». Pendant qu'il se livrait à cet examen, Robert tira de son havre-sac quelques frugales provisions

de bouches et lui en offrit. Le chasseur ne répondit même pas, tant il était absorbé dans la
contemplation d'un vieil arbre renversé en travers du sentier.

— Qu'avez-vous donc découvert? demanda le
jeune homme.

— Pas grand'chose ; deux ou trois égratignures
qu'a faites par ici le Mohican.

— Ah! et comment interprêtez-vous cela?

— Plaît-il ?...

— Comprenez-vous ce que cela signifie?

— Oh! oui, joliment bien! çà me dit combien
il y a de ces vermines, et à quelle heure ils ont
passé par là.

— Vraiment ! et quel est leur nombre ?

— Huit seulement.

— Quoi ! *seulement* huit ! s'écria Robert effaré ;
vous trouvez que ce n'est pas assez?

— Si çà vous fait peur, vous avez le temps de
retourner à la maison. Huit ! eh ! qu'est-ce que
cela pour mes « pouvoirs »...? Je voudrais qu'il
y eut ici un cent de ces coquins maudits, pour
avoir la jubilation de les voir courir.

— Mais, en comptant bien..., nous ne sommes
que deux : un contre quatre.

— Petit, je vous l'ai dit, si le cœur vous manque,
faites volte-face et allez-vous en : mais si vous
voulez marcher en avant avec moi, vous verrez
une drôle d'affaire quand nous tomberons sur
ces canailles. J'ai une manière de parler si effi-
cace, que les hurrahs de tous les Settlers du dis-

trict ne feraient pas décamper ces gredins plus vite.

— Je m'en rapporte à vous, quoique je ne comprenne guères par quels moyens vous triompherez dans cette occasion.

— Finalement, voulez-vous poursuivre la campagne ?

— Oui ! mille fois oui ! La mort, ni le Diable en personne ne m'arrêteraient pas.

— Faites excuse, jeune homme ; je vois bien que vous avez du cœur. Ce n'est pas la crainte qui vous arrête, mais vous doutez de moi : vous avez oublié mes « pouvoirs »,... mes facultés de *ventroque* comme vous appelez ça.

— C'est vrai, je n'y pensais plus. J'ai pleine confiance ; pourvu que les Indiens n'éventent pas ce mystère...

— Eux ! deviner...? jamais, mon garçon ! Assa, lui-même, qui m'a entendu cent fois, s'obstine à croire que c'est le Grand-Esprit et non pas moi qui parle. Vous rirez lorsque vous les verrez bondir ;... de vrais oiseaux ! jeune homme ; ils s'envoleront...! ils passeraient au travers du feu ...!

— « La Face-Pâle ne dit pas la vérité. — Elle ment ! » fit soudain à côté d'eux la voix basse et gutturale d'un Indien.

Robert sauta sur ses pieds : l'interlocuteur sauvage semblait caché dans un bosquet à sa droite. Le chasseur bondit derrière un gros arbre, et là, se prépara à soutenir une attaque. En ce moment il se fit un frémissement dans les feuilles, Ro-

4

bert visa dans la direction du bruit et se préparait
à faire feu lorsque Simpson l'arrêta avec un grand
éclat de rire.

— Doucement, garçon ! doucement ! lui dit-il,
vous allez tuer un petit oiseau au lieu d'un Indien.

— Mais... cette voix...! Peter — oh!...

Le jeune homme s'arrêta court : il comprenait
enfin le tour que le chasseur venait de lui jouer ;
au surplus, pour tout deviner, il lui suffisait de
regarder ce dernier qui se tordait de rire derrière
son arbre.

— Holà ! Holà ! balbutia le facétieux Simpson
en reprenant haleine, voilà la meilleure farce que
j'aie vue. Comment voulez-vous que les Peaux-
Rouges ne s'y laissent pas prendre, alors que vous
vous y êtes trompé vous-même? Parole d'honneur,
vous avez cru que c'était un Indien ?

— Ma foi ! oui ; je ne pourrais le nier.

— Quel chasseur vous faites ! reprit Œil-
Sincère en riant de plus belle : Ah ! je vous ai vu
sur le point de fusiller un merle en guise d'Indien. Vous croyez donc que, pour le plaisir de
babiller avec vous, je me laisserais surprendre par
un de ces reptiles ?

— Je ne puis rien répondre : ce qu'il y a de
certain c'est que je ne me serais jamais douté que
cette voix fût produite par vous.

— Je vous crois parfaitement, mon mignon.
Mais, j'ai faim ; prenons donc un morceau avant
de repartir.

Le jeune homme était plus vexé qu'il ne voulait en avoir l'air ; il ne pouvait se pardonner d'avoir été si naïvement la dupe de son compagnon. Tirant donc silencieusement ses vivres du havre-sac où, dans sa précipitation, il les avait fourrés pêle-mêle, il se mit à manger machinalement.

De son côté, Œil-Sincère dévorait un quartier de daim fumé et une croûte de pain noir préparé à l'Indienne ; mais chaque bouchée semblait l'étouffer, il mangeait avec une précipitation fiévreuse.

La nuit commençait à tomber lorsqu'ils arrivèrent à une halte faite par les Indiens. Le chasseur irrité de cette longue et vaine poursuite dans laquelle il avait consumé la journée entière, marchait avec une ardeur désespérée, ne s'arrêtait qu'à regret, lorsque l'enchevêtrement des pistes l'obligeait à un examen plus attentif, et reprenait ensuite sa course, si rapidement que Robert était forcé de courir pour lui tenir pied.

Le caractère, si doux habituellement, de Simpson semblait transformé ; une expression terrible rembrunissait ses traits, et, par instants, des éclairs de colère jaillissaient de ses yeux.

Bientôt il ne parla plus que par monosyllabes ; son esprit semblait préoccupé de quelque idée violente et étrange.

— Bah ! par le tonnerre ! je vais me mettre dans les griffes de ces chenapans ! dit-il brusquement à Robert.

— Vous allez vous faire prendre ! répliqua ce dernier tout effaré.

— Certainement !

— Et moi, que ferai-je ?

— Vous vous cacherez en attendant les événements.

CHAPITRE V

ENFIN !!!

Lorsque, précédé de ses deux compagnons, le Mohican marchait à la découverte de la caverne où ils avaient, tous trois, l'intention de s'abriter, il recueillit au vol le bruit imperceptible d'une branche froissée et se tint sur ses gardes ; pour lui, c'était l'avis qu'un ennemi les suivait furtivement.

Aussitôt, sans s'arrêter pour engager la lutte, il se mit à ramper comme un tigre guettant sa proie, de façon à se rapprocher insensiblement de son adversaire.

Si OEil-Sincère se fût trouvé proche d'Assa, il aurait été averti aussitôt : mais, comme nous l'avons dit, le chasseur marchait en tête, Robert le suivait, et le jeune homme, tout absorbé par le désir de gagner un abri, ne songeait même pas au Mohican.

4.

Ce dernier, croyant n'avoir affaire qu'à un seul homme, se laissa rejoindre peu à peu par celui qui le suivait; mais, au moment où il s'élançait pour le surprendre, il se trouva saisi par trois Indiens qui avaient su complétement lui dérober leur marche silencieuse.

Le Mohican, néanmoins, engagea désespérément la lutte, et ces quatre hommes roulèrent ensemble sur le sol dans une terrible étreinte. En même temps survinrent encore cinq nouveaux sauvages, et Assawomset se trouva littéralement écrasé par le nombre.

Son premier mouvement avait été d'appeler Peter et Robert à l'aide; mais une réflexion l'arrêta: tous leurs efforts réunis n'auraient pu prévaloir sur les forces supérieures des ennemis, alors tout était perdu. Au contraire, si OEil-Sincère s'échappait, il restait encore un espoir de délivrance.

En conséquence, Assawomset resta stoïquement silencieux.

On commença par le garotter étroitement; puis, après une courte délibération, on desserra un peu les liens qui lui entravaient les pieds, et on l'entraîna rudement en arrière au camp où était le reste du détachement Indien.

Là, fût tenu un nouveau conseil, et on décida de mener au roi Philippe lui-même un prisonnier de cette importance.

Ivre de joie, la troupe sauvage se divisa en deux bandes; l'une partit en avant pour annoncer l'heureuse nouvelle ; l'autre se chargea de garder et d'escorter le Mohican.

Arrivés à la ferme d'Hendrick, les Indiens firent halte pour prendre leur repas, puis ils repartirent à la hâte.

Depuis le premier moment de sa captivité, Assawomset ne dit pas un mot. Sa figure calme et hautaine ne trahit pas un seul instant l'orage de sentiments tumultueux qui grondait dans sa poitrine. Obéissant avec indifférence aux ordres qu'on lui donnait, il entendit tous les divers propos tenus par les Indiens avec la même impassibilité que s'il n'eût pas compris leur langage.

Cependant il ne perdit pas une occasion de laisser sur sa route des indices dont Œil-Sincère pût profiter. C'était dans ce but qu'il avait imprimé les empreintes dont nous avons vu le chasseur donner l'explication à Robert. Au surplus, regardant naïvement le talent de ventriloque exercé par Peter comme un don surhumain émanant du Grand-Esprit, il avait en lui une confiance illimité.

En quittant la ferme d'Hendrick, les Indiens prirent une direction entièrement opposée à la vieille piste qu'avait laissée Peter la nuit précédente.

Ils ne se préoccupèrent en aucune façon de cacher leurs traces, persuadés que personne ne se mettrait à leur poursuite. Trompés par les allures silencieuses du Mohican, ils le prenaient pour un espion détaché seul en avant ; et, ignorant l'existence du souterrain, ils supposaient qu'Œil-Sincère, avec tous les habitants du village, s'était enfermé dans les fortifications de la Block-House.

Cette sécurité insouciante eût un précieux résultat en facilitant les recherches du chasseur, car autrement, les sauvages n'auraient pas laissé un seul vestige de leur passage, et, toute poursuite serait devenue impossible.

La bande rouge continua sa route tout doucement et dans le plus profond silence. En passant sur les lieux où Assawoms et avait tué deux de leurs camarades, ils lancèrent à leur prisonnier des regards empreints d'une haine furieuse, et indiquèrent avec une sanglante éloquence le sort qui lui serait fait.

A la tombée de la nuit, on fit halte un instant ; le Mohican trouva moyen, sans être remarqué, de faire à un arbre les égratignures que nous avons vu Simpson découvrir avec sa merveilleuse sagacité.

Après un court et frugal repas, les Indiens repartirent en changeant encore une fois de direction : ils ne s'arrêtèrent pour camper que fort avant dans la soirée, au milieu d'un bois très-fourré et d'abord difficile.

Après avoir resserré les liens qui garrottaient le Mohican, les Indiens se dispersèrent dans la forêt pour faire leurs préparatifs de campement. Deux guerriers restèrent préposés à sa garde :

pour se distraire et tourmenter leur prisonnier, ils se mirent à causer ensemble, émaillant leur causerie des aménités qu'on va lire.

— « Le Mohican est moins qu'une femme pour les grands enfants des Ottawas. C'est un chien qui aboie et ne sait pas mordre. Il est comme la neige de l'hiver qui fond et disparaît devant les fils du grand Philippe. C'est un serpent qui rampe sous l'herbe, non pour combattre, mais pour fuir et se cacher. Est-ce qu'il sourira, le Mohican, lorsqu'un vrai guerrier fera tournoyer le tomahawk sur sa tête ? Il tremblera, il tremble déjà comme une vieille dent dans la bouche d'une vieille Squaw. Est-ce qu'il ne pleurera pas quand la flamme brûlera lentement sa chair ? Pourra-t-il, sans que sa voix tremble, faire retentir le chant de mort ? Pense-t-il que le Grand-Esprit veuille le recevoir auprès de lui dans le pays des chasses heureuses ? Non, son scalp sera suspendu dans le wigwam d'un guerrier, et, en le montrant à ses enfants, il leur dira : « Voilà la peau d'un chien. » Tout sera fini pour le Mohican après sa mort, il ne poursuivra pas le daim, il ne se promènera pas dans les forêts des terres heureuses ; il mourra comme un chien, les loups charrieront ses os dans les bois. Hugh ! je crache sur lui ».

Le prisonnier ne jeta pas même un regard sur ses ennemis, et ne témoigna par aucun signe qu'il eut compris le sens de ces paroles injurieuses ; mais elles se fixèrent dans sa mémoire comme des flèches empoisonnées, stimulant ses plus farouches instincts de vengeance.

Les Indiens continuèrent pendant quelque temps encore leur irritant langage, dans l'espoir de lui surprendre quelques mouvements d'impatience ; mais voyant que c'était peine perdue, ils se préoccupèrent du souper et rejoignirent à cet effet le reste de la troupe.

On plaça devant le prisonnier une chétive portion de nourriture dont il mangea quelques bouchées pour entretenir ses forces. Après cela on resserra ses liens, et tous les sauvages se livrèrent au sommeil, à l'exception d'un gardien qui resta près de lui.

Assa était fermement convaincu que la nuit ne se passerait pas sans que ses amis lui donnassent de leurs nouvelles. Néanmoins il s'étendit sur le sol en fermant les yeux ; mais ce n'était pas pour dormir ; bien au contraire, son imagination restait éveillée et tous ses sens étaient activement occupés à percevoir les moindres signes extérieurs.

De temps en temps il entr'ouvrait ses paupières et jetait un regard sur ses gardiens, convoitant leurs chevelures, et se disant qu'elles figureraient mieux encore à sa ceinture que sur leurs têtes ; puis, son esprit travaillait à inventer quelque stratagème pour faciliter son évasion.

Cependant la nuit avançait, le feu s'éteignait graduellement sous les cendres, on n'entendait dans l'air que les bourdonnements confus des insectes nocturnes.

Bientôt, d'un marécage voisin surgirent les coassements enroués des grenouilles, auxquels se mêlaient par intermittence les cris plaintifs du « Whippowill ».

Le prisonnier dressait l'oreille à chaque murmure, pensant y démêler un signal. Après une longue attente, le Mohican s'étira, fit un demi-tour sur le gazon, et parut sur le point de s'endormir.

A ce moment la voix tremblante et sourde du crapaud vint se joindre au concert sauvage : Assa tressaillit et se redressa par un mouvement imperceptible. Il n'avait plus envie de dormir.

Les Indiens aussi avaient remarqué ce dernier cri : ils se levèrent promptement ; leurs sentinelles murmurèrent quelques paroles à la hâte, et aussitôt trois d'entre eux se dispersèrent au travers des bois, dans la direction du bruit.

CHAPITRE VI

LES POUVOIRS D'ŒIL-SINCÈRE

Après avoir donné ses instructions à Robert, Simpson s'éloigna de lui et continua sa route, mais avec beaucoup moins de précautions qu'auparavant.

Le jeune homme l'accompagna encore quelques pas pour recevoir ses derniers avis avant de s'en séparer, mais l'autre garda le silence.

Tout-à-coup Simpson se retourna vers lui et dit à voix basse :

— Maintenant, mon garçon, il est temps pour moi de me produire parmi ces vermines : retenez bien ce que je vais vous dire. Vous le voyez, je me rends vers eux, pour me remettre entre leurs griffes ; je ne me presse pas beaucoup, car ce sera la première fois que j'aurai vu pareille chose : enfin, je me suis mis cette idée-là en tête, il faut que je l'exécute. Vous allez rôder

5

par là, en vous cachant bien, jusqu'à ce que vous les ayez vu me traîner dans leur camp. Alors rampez silencieusement jusqu'à une bonne portée de fusil ; je les *amuserai* en faisant du bruit afin qu'ils ne vous entendent pas. Ensuite, tenez vous le fusil prêt ; mais, souvenez-vous en, ne faites feu qu'à la dernière extrémité.

Robert avait renoncé à détourner de son projet son excentrique compagnon ; il se contenta de lui faire un signe de tête affirmatif et s'enfonça dans le fourré. Simpson le suivit de l'œil pendant quelques instants ; puis il se remit en route à son tour. Quelques pas plus loin, il s'arrêta et modula le chant harmonieux du crapaud. Ce fut alors que les trois Indiens se mirent en campagne.

Cette chasse singulière, dans laquelle c'était le gibier qui recherchait les chasseurs, ne devait pas être longue.

Simpson les entendit aussitôt fouiller le bois : pour les aider dans leurs recherches, il posa lourdement le pied sur une branche sèche et la cassa. Il n'en fallait pas tant pour attirer les sauvages : une seconde après tous trois étaient en face de lui.

A l'aspect du célèbre chasseur blanc ils restèrent un moment stupéfaits. Ses exploits dans mille embuscades, son adresse infaillible, ses allures mystérieuses et un peu surnaturelles, tout contribuait à le leur faire considérer comme un être supérieur et extraordinaire.

Leur première stupeur se dissipa promptement, ils mirent leurs fusils en joue ; mais Peter, sans faire la moindre attention à ce geste menaçant, prit froidement la parole.

— Suivant moi, vous feriez bien d'y regarder à deux fois avant de me fusiller, vermines du diable ! Votre gros sapajou de roi, à la peau tannée, vous ferait bon accueil, j'imagine, si vous lui ameniez vivant Œil-Sincère. — Ah ! vous avez peur de Nancy ? — Comme si je voulais me battre avec vous ! il n'y a pas risque, allez.
— Voyez ! je la couche gentiment par terre, cette pauvre Nancy,... et puis mon couteau,... et puis mon tamahawk... — Avez vous peur encore ? et croyez-vous que, sans armes, je vais vous anéantir?... je ne pense pas.

En manière de réponse les sauvages s'élancèrent sur lui ; à leur grande surprise, il se laissa lier sans résistance. Cette étrange longanimité leur inspira des soupçons.

— Pourquoi Œil-Sincère se laisse-t-il prendre par les Indiens ? — Pourquoi ne pas combattre ? — Lui avoir beaucoup d'amis en arrière partout ?

— Non, Faces-Tatouées, non ; ce n'est pas mon idée. A quoi sert de faire du bruit quand c'est inutile ?

Les sauvages ne répondirent pas et entraînèrent Simpson vers le campement; aussitôt on ralluma le feu pour mieux examiner le célèbre prisonnier. Rien ne saurait exprimer l'étonnement qui se peignit sur les traits d'Assawomset lorsque, à la lueur du brasier, il reconnut son ami, prisonnier comme lui.

Le chasseur fut touché de son air piteux; il lui dit avec un sourire de bonne humeur.

— Eh bien! Mohican, nous voilà pincés, c'est sûr! Ce qui nous reste de mieux à faire, maintenant, c'est de nous disposer à être rôtis en préparant notre chant de mort.

Un sombre regard d'Assawomset fut toute sa réponse; mais cela suffisait au chasseur, qui avait voulu seulement attirer son attention. Saisissant le moment où les Indiens n'y prenaient pas garde, il lui fit un signe de la bouche et promena ses yeux à la hâte autour d'eux avec une expression remarquable. Cette muette pantomine en dit plus au Mohican qu'un long discours, et lui fit comprendre que si OEil-Sincère était prisonnier ce n'était que de son plein consentement.

Pendant ce temps, Robert avait gagné une position d'où il pouvait tout voir sans être vu. Outre le puissant intérêt de vie et de mort qui le préoccupait en cette circonstance, il se sentait infiniment curieux de savoir comment Simpson exécuterait ses plans mystérieux.

— Messieurs les Peaux-Rouges, dit celui-ci, est-ce que vous allez me tenir-là, debout comme un pieu, pour être regardé comme une bête curieuse? Je suis joliment fatigué de vous avoir poursuivi si longtemps, et je ne serai pas fâché de me reposer un peu jusqu'au matin.

Pour toute réponse, la bande entière se leva sur un signal du chef, et au lieu d'accorder au chasseur la faculté de se coucher, on le traîna jusque vers un gros arbre, au tronc duquel on l'attacha debout.

Chose étrange et qui surprit beaucoup les sauvages, Œil-Sincère ne fit aucune résistance et ne dit même pas un seul mot. Il s'arrangea le mieux possible pour dormir; bientôt sa tête s'inclina sur son épaule, ses paupières se fermèrent sous l'influence du sommeil.

Une heure et demie s'était écoulée au milieu d'un profond silence; lorsque les Indiens, toujours aux aguets, saisirent au vol le vague murmure d'une voix qui flottait en l'air. Tous s'empressèrent d'écouter attentivement, mais sans pouvoir reconnaître la vraie direction de ce chuchottement qui se faisait entendre tantôt à droite tantôt à gauche.

L'inquiétude s'empara d'eux, et ne tarda pas à dégénérer en terreur superstitieuse. Moins sensible aux frayeurs surnaturelles le chasseur dormait toujours.

Peu à peu la voix mystérieuse se fit entendre plus distinctement; les sauvages purent comprendre les paroles suivantes:

— « Le Grand Esprit détourne sa face de ses enfants. Il est irrité contre eux. Pourquoi ont-ils renversé, pieds et poings liés, un de leurs frères

rouges? La forêt n'est-elle pas assez grande pour
donner place à tous les wigwams? Seront-ils
meilleurs ceux qui se préparent à verser le
sang?... Ils sont méchants les enfants des Ottawas! leur père les prend en horreur! »

La voix venait du ciel : Ses dernières paroles
vibraient encore que tous les Indiens, Assa lui-
même, s'étaient prosternés, émus et terrifiés
par les reproches du Grand Manitou. Leurs
mouvements inquiets avaient réveillé le chasseur :

— Tonnerre et éclairs! s'écria-t-il, qu'est-ce
cela? Un esprit! aussi sûr que je m'appelle Peter.
Holà, cuirs-rouges! déliez-moi les mains, je vous
prie, que je fasse une prière! Hola! m'entendez-
vous? ajouta-t-il en les voyant battre en retraite
et disparaître, un à un, dans les profondeurs du
bois, sans s'occuper de lui. — Que l'enfer les confonde! ces gredins qui ne rougissent pas d'abandonner aux loups deux pauvres prisonniers
chargés de liens! — Eh! gros garçon, vous qui res-
tez le dernier, coupez mes cordes, s'il vous plaît,
et je vous déclare un gentleman.

Le sauvage auquel il parlait ainsi était le chef
de la bande qui, seul parmi ses compagnons,
semblait hésiter à s'enfuir.

Il se retourna contre Peter, leva en l'air son
tomahawk et vociféra d'une voix que la rage faisait trembler :

— Vas donc, démon blanc! Le Grand Manitou
ne défend pas de te tuer. J'emporterai au grand

Philippe le scalp d'Œil-Sincère! chien face-pâle!
serpent! démon! meurs!

Il s'élança contre le prisonnier, en faisant tournoyer son arme, et, lui saisissant les cheveux, il
s'apprêta à les détacher avec leur peau par une
incision circulaire.

Soudain un éclair jaillit d'un bosquet voisin,
le sauvage chancela et se renversa convulsivement en arrière : le fusil de Robert venait de
parler. Une pâleur livide s'étendit sur le visage
de l'Indien contracté par les souffrances de
l'agonie : il fit un mouvement féroce et suprême pour se jeter sur le chasseur, mais la
mort le saisit, il tomba la face contre terre
aux pieds de son ennemi, puis il roula sur le
dos et resta immobile, les yeux ouverts avec
une expression farouche.

— Ouf! je n'avais jamais vu de si près le roy-
aume des cieux! s'écria le chasseur ; jamais de
ma vie! Robert Willet, mon garçon, vous vous
êtes fait, dans Peter Simpson, un ami à la vie
à la mort! vous m'avez donné un bon coup
de main, vous m'en donnerez bien encore un
autre, je suppose, en coupant ces damnées
cordes.

Robert avait bondi hors de sa cachette, aussitôt
son coup de fusil tiré : il coupa promptement les
liens d'Assawomset et du chasseur. Le Mohican
sauta sur ses pieds, secoua cordialement la main
du jeune homme, et fit jouer tous ses membres
comme pour s'assurer de leur élasticité.

— Assa va donner à son ami le scalp du guerrier mort, dit-il avec empressement.

— Oh! non, non! je n'en veux pas! répliqua Robert sans pouvoir réprimer un mouvement de dégoût.

— Vous ne ne voulez pas? Bon! Le donnez-vous au Mohican?

— Oui, certainement, faites en ce qu'il vous plaira, Assa.

L'Indien ne se le fit pas répéter deux fois, et détacha lestement l'affreux trophée en disant à Simpson :

— Il n'y a pas longtemps que je suis sur le sentier de guerre, et j'ai déjà beaucoup de scalps.

— Oui, oui, c'est votre spécialité, je le sais ; répondit flegmatiquement le chasseur ; tout çà n'empêche pas que mon passe-port pour l'autre monde a été bien près d'être signé. Juste ciel ! dans quel costume me voilà pour paraître devant la jolie demoiselle du souterrain. Ce gredin de vagabond rouge n'aurait-il pas pu tomber ailleurs que sur moi? regardez moi donc, petit, je suis tout dégoutant de sang, n'est-ce pas ?

— On ne peut en disconvenir, mon pauvre Simpson.

— A propos, jeune mignon, que dites-vous de mes « pouvoirs? »

— Ils sont étonnants, en vérité : vous avez là une ressource d'immense valeur.

— S'ils m'en avaient laissé le temps, je vous dis

que ces coquins là auraient été amenés à m'ado-
rer : mais le temps m'a manqué.

— Comment donc êtes vous parvenu à acquérir
ce talent, et à constater son influence sur les sauvages ?

— Dans ma jeunesse, longtemps avant de vivre
parmi les Peaux-Rouges, je m'étais exercé à imiter les cris des loups, des renards, des oiseaux,
de toutes les bêtes de la création. Un jour, je faisais la *conversation* avec un vieux crapaud : l'animal se mit à faire des voix si extraordinaires que
je le croyais loin au moment même où j'étais sur
lui : vous pouvez croire que je me donnai plus
d'un tour de gosier avant de parvenir à l'imiter ;
mais j'y tenais, et au bout de deux jours, l'affaire était dans le sac, je possédais la... *ventroque*...
comme vous dites. Depuis lors, je me suis assez
bien perfectionné comme vous voyez.

Le jour commençait à se montrer ; le chasseur
alla près d'un petit ruisseau qui coulait au creux
d'un ravin, lava le mieux qu'il put ses vêtements
tachés de sang, et revint auprès de ses deux amis
prendre sa part d'un frugal déjeuner.

Ensuite ils partirent.

— Mohican ! comment avez-vous donc fait pour
vous laisser prendre ? demanda Simpson après un
moment de silence.

— J'étais resté en arrière pour prendre un
scalp.

— Je vous l'avais bien dit, jeune homme ; voyez
vous, je connais mon Mohican aussi bien qu'il

5.

se connaît lui - même dit le chasseur à Robert.

— C'est vrai, répondit ce dernier d'un air distrait ; je songeais en ce moment à nos amis qui
sont abrités dans la Block-house.

— Vous avez raison, enfant ; je ne serais pas
fâché, moi-même, d'avoir de leurs nouvelles.

— J'allais vous proposer de nous y installer
après avoir fait une visite au souterrain.

Le chasseur hésita longtemps avant de répondre ;
à la fin il secoua la tête et dit froidement :

— Nous verrons çà ; j'y penserai : voyez vous,
mon garçon, j'aime encore mieux être dehors au
milieu de cette vermine que d'être bloqué dans
ces quatre murs. Il va y avoir de beaux coups à
faire, dans les bois ; il n'y manquera pas de ces
vagabonds prêts à chercher bataille. Enfin, je
réfléchirai, comme je viens de le dire. Mais marchons un peu plus vite ; notre Mohican avec ses
longues jambes a déjà gagné les devants.

CHAPITRE VII

L'INCONNU

Il est temps de revenir à la Block-house et de faire connaître les événements qui s'y sont passés depuis le départ de Robert.

Jamais guerre indienne n'avait eu un tel caractère d'acharnement et de cruauté : Philippe n'avait agi qu'après avoir longtemps mûri son plan et combiné toutes les ressources de la stratégie sauvage : la férocité longtemps contenue des tribus alliées avait fait le reste.

Mais, si la première impression de terreur avait été grande parmi les colons Européens, cette épouvante avait eu pour résultat de les amener à concentrer leurs forces ; et, une fois réunis, tous ces hommes aventureux autant qu'aguerris avaient retrouvé cette force et ce courage qui animent toujours les masses agglomérées.

A côté des femmes, des enfants, des peureux,

des infirmes d'esprit ou de corps, se trouvaient de
robustes pionniers, hommes d'acier et de bronze,
aimant la lutte, la fusillade, flairant avec plaisir
l'odeur de la poudre. Ceux là, en entendant les
coups de feu tirés par Assawomset, serrèrent
énergiquement leurs fusils et grommelèrent certaines méchantes paroles ;

— Ah ! ah ! voici une musique dont l'air ne me
paraît pas salutaire pour celui qui danse ! s'écria
Dickons, le chef institué par Robert.

Il y eût tout d'abord un concert de gémissements parmi les femmes, les enfants, les craintifs :
ce premier orage apaisé, un brave à tous poils
répondit sentencieusement :

— Oui ! mais quel est le danseur ; est-ce un des
leurs ou un des nôtres?

— Vous faites là une question juste, M. Hardeman, mais à laquelle il me serait difficile de
répondre : avez vous remarqué que le bruit de
cette détonation paraît venir de la ferme d'Hendrick?

— C'est vrai : seulement la famille s'est cachée,
elle n'y est plus maintenant, répliqua M. Hardeman.

— Robert n'est pas avec elle, je crois ; je l'ai
entendu parler de rejoindre Simpson ici, les
Hendricks auront été partis et il ne se sera pas
tenu en repos qu'ils ne les ait trouvés.

— Dieu veuille qu'il ne lui arrive pas malheur ! nous n'avons pas son pareil parmi nos jeunes
gens.

— Je dis, amen, et j'espère que ce coup de feu n'est pas à son adresse. — Mais... ne trouvez-vous pas singulier que Simpson ne soit pas encore venu nous donner un coup d'œil? poursuivit Dickons après un moment de silence.

— Cela dépend des lieux et des circonstances où il se sera trouvé. Vous savez bien que c'est lui qui avait envoyé Willet pour nous donner avis de l'approche des Indiens: sans doute il s'occupe en ce moment de mettre en sûreté cette famille qui n'a pas eu assez de confiance dans la Block - House pour s'y réfugier avec nous.

— Voyons donc? reprit Dickons, n'y a-t-il pas, parmi nous, un gaillard capable de faire une ronde d'exploration dans les bois qui nous environnent?

— Heu! heu! c'est une matière délicate pour le plus hardi, de hasarder sa vie au profit des autres... répliqua sentencieusement M. Hardeman.

— Il y a longtemps qu'on a entendu ce coup de feu?

— J'oserais dire, quatre heures environ.

— Où en sommes-nous?

— Aux alentours de minuit. Je n'aime pas cette tranquillité forcée qui règne par ici ; elle me paraît de mauvais augure.

Les deux causeurs étaient sur la plate-forme la plus élevée de la Block-house, et si le temps eût été plus clair, leurs silhouettes découpées dans le ciel, auraient présenté un excellent point de mire à l'œil de lynx de quelque Peau-Rouge.

M. Hardeman eut la lumineuse idée de se baisser pour descendre une marche de l'escalier rustique : à peine avait-il fait ce bienheureux mouvement que la détonation d'un rifle cingla l'air, et une balle vint se loger dans une poutre contre laquelle il appuyait sa tête une demi-seconde auparavant.

Les deux guerriers opérèrent leur descente avec une précipitation peu majestueuse, et coururent chercher abri dans les profondeurs de la forteresse.

Là, ils trouvèrent toute leur société émue comme une ruche dans laquelle vient d'apparaître un frélon. Il s'ensuivit un désordre inexprimable que Dickons fut complétement impuissant à réprimer. Chacun parlait, criait, hurlait à la fois ; les demandes se croisaient sans attendre les réponses ; c'était pis qu'à la tour de Babel.

Les trois éclaireurs indiens qui avaient survécu à l'escarmouche avec Assawomset, après être restés quelques moments auprès des corps de leurs deux camarades, songèrent à regagner le plus proche village de leur tribu pour y chercher du renfort : au moment de partir, ils tirèrent au sort celui qui devrait rester préposé à cette garde funèbre.

Un trait caractéristique de l'indien c'est la passion du jeu. On a vu au Comptoir d'échange de la Couronne, sur le haut Mississipi, une tribu entière de Chippewas, perdre aux cartes, en quelques heures, tout l'argent qui venait de lui être payé pour paiement des fourrures obtenues dans une saison entière de chasse.

Avant de connaître les jeux Européens, ils se servaient de cailloux divisés en deux couleurs, ordinairement blancs et noirs. Les enjeux étant convenus, un des joueurs, après avoir caché ses mains derrière lui pour y arranger ses cailloux, les présentait brusquement à son adversaire, la paume tournée en bas : alors, pour gagner, il fallait toucher la main contenant les cailloux blancs ; si on touchait celle où étaient les noirs, on perdait.

La fureur du jeu les absorbait d'une telle force qu'après avoir perdu toute leur monnaie (consistant en coquillages), deux partenaires acharnés jouaient leurs fusils, leur arc, leur tomahawk, leur couteau, leurs vêtements même. Un jour un perdant mit sa vie pour enjeu ; cette propostion fut acceptée comme si c'eût été là une marchandise ordinaire. Le gagnant tua son adversaire sans sourciller, le scalpa délicatement, et s'enrichit ainsi de ce qu'il considérait comme un trophée précieux.

Les trois rôdeurs firent donc leur partie de « cailloux, » et lorsque le sort eût décidé, le perdant resta, les deux autres partirent.

Leur premier soin fut d'aller rôder dans le village pour y faire quelque mauvais coup, s'il était possible. Ils s'approchèrent ainsi de la Block-House sans être aperçus des sentinelles et se donnèrent le plaisir de fusiller Hardeman qu'il aperçurent debout sur le parapet supérieur. Puis ils poursuivirent leur course, en quête de méchancetés.

La Providence qui n'abandonne jamais le faible et l'opprimé prit soin, à ce moment critique, d'envoyer à la petite colonie **un** champion inconnu, presque mystérieux.

Le tumulte intérieur finissait de s'apaiser, et avec lui commençaient à se calmer les grandes terreurs, lorsqu'on entendit frapper vigoureusement à la grande porte massive de la citadelle; en même temps une voix rude et énergique s'écria en excellent anglais :

— Ouvrez, bonnes gens ! ouvrez ; voici un ami, un défenseur qui vous arrive.

On lorgna par le trou de la serrure, on parlementa un peu, enfin on se décida à ouvrir : le nouveau venu fit son entrée.

C'était une sorte de géant bronzé, au visage mâle, sévère, sillonné par les orages de la vie, mais vert encore et conservant une expression d'invincible vigueur. Il prit la parole en homme habitué au commandement :

— Qu'avez-vous en poudre et en balles, dans cette maison ?

— Nous sommes munis pour un mois, au moins, répondit Dickons.

— Bon ! montrez-moi un peu ce fort. afin que

je puisse juger de la confiance qu'on peut lui accorder.

Dickons lui montra le chemin ; l'étranger le suivit et examina la Block-House en détail, ne laissant passer aucune fente sans y appliquer l'œil.

— Vous êtes en sûreté ici, dit-il brusquement ; il y a bien, par-ci, par-là, quelque tronc d'arbre vermoulu, mais je crois que nous trouverons ici de bons gaillards capables de boucher ces trous avec les eanons de leurs fusils, s'il se présente un Diable-Rouge pour regarder au-dedans. Quel est votre capitaine ?

— Je l'étais, répondit Dickons ; mais ce sera vous qui le deviendrez, si vous y consentez.

— Je le veux bien, dit l'autre sans cérémonie ; je suis un homme de guerre, moi, et je vous préviens que ce ne sont pas des jeux d'enfants qui nous sont réservés, avec ces coquins rouges. Maintenant, écoutez-moi bien, il faut que les femmes et les enfants soient conduits aux étages supérieurs ; là ils seront en sûreté, et je n'entends pas être étourdi de leurs criailleries lorsque la fusillade aura commencé, il nous faut de l'ordre ici et non des gémissements.

On s'empressa d'obéir aux ordres de l'inconnu ; tout ce qui était faible, malade ou incapable de combattre fut placé en lieu sûr dans le haut du fort. Des sentinelles furent installées dans les différentes parties de l'édifice, un ordre sévère fut établi de ne point quitter leur poste et d'exercer sans relâche une surveillance sévère. Le nouveau capitaine retint autour de lui un certain nombre d'hommes jeunes et résolus.

Ces mesures énergiques rétablirent promptement l'ordre et la discipline ; en peu d'instants la Block-House fut sur un pied de défense tout à fait respectable : les plus timides se sentirent rassurés, tant il est vrai qu'il suffit d'un bon chef pour faire de braves soldats.

La nuit se passa sans attaque : du reste, l'ennemi aurait été bien reçu car la vigilance des sentinelles ne se ralentit pas un instant.

Un peu avant le jour, l'Inconnu rassembla son petit bataillon sacré dans un coin où on ne pouvait l'entendre et fit la motion suivante :

— Je suis convaincu, dit-il, que les Peaux-Rouges ne sont pas restés cette nuit sans rien faire, mais qu'ils se sont occupés au contraire à machiner quelque plan infernal. Ils n'ignorent pas que leurs balles et leur poudre ne pourraient rien contre les solides madriers qui nous défendent : en donnant un assaut ils perdraient leurs hommes et leur temps. J'ai dans l'idée qu'ils cherchent quelque moyen perfide et caché d'arriver, sans risques, jusqu'à nous. Donc, il me faut cinq volontaires qui viennent avec moi donner un coup d'œil dans la campagne et tâcher de découvrir les diableries des Sauvages. Comme cette expédition n'est pas une plaisanterie, et que nous ne sommes pas sûrs d'en revenir, je ne prendrai avec moi que des volontaires bien déterminés. Que ceux-là qui sont vraiment résolus à vaincre ou à mourir se fassent connaître.

Plus de douze hommes s'offrirent aussitôt : le chef fit son choix, n'en désigna que cinq, et se prépara au départ. Avant de s'éloigner il donna ses instructions à Dickons, lui recommanda la plus grande prudence : enfin, prévoyant le cas où la petite troupe reviendrait dans l'obscurité et ne pourrait être reconnue, il convint que la porte ne s'ouvrirait que lorsque le signal serait donné par le jappement du renard.

La petite garnison resta silencieuse et consternée lorsque les volontaires furent partis : l'énergique et mystérieux champion qui les commandait semblait emporter avec lui la force et la sécurité. Cependant, chose bizarre, ce furent les femmes qui firent meilleure contenance ; elles aidèrent Dickons à maintenir les sentinelles à leur poste et raffermirent les moins courageux.

L'Inconnu se dirigea en droite ligne vers le village, tout en se tenant à couvert sous une rangée d'arbres qui formaient ceinture autour de la Block-House. De temps en temps il faisait halte à proximité des endroits suspects, se glissait en éclaireur avec une souplesse rapide autant que silencieuse. Il observa les mêmes précautions jusqu'au village. Là, on était à l'abri des plus grands dangers ; mais la petite troupe ne s'éloigna qu'après avoir visité chaque maison avec des précautions infinies : nulle part on ne découvrit la moindre trace des Indiens.

— Enfants, dit le chef, vous pouvrez croire que les Indiens sont dirigés par quelque vieux renard adroit et rusé. Si Philippe n'est pas avec eux en ce moment il ne tardera pas à apparaître, et en attendant, il les a confiés à un de ses meilleurs guerriers : Je ne prévois rien de bon dans cette guerre; elle nous coûtera cher en hommes et en argent. Ce qui me dépasse l'imagination c'est que les Peaux-Rouges n'aient pas encore fait leur apparition ici. Quoiqu'il en soit, méfions-nous, car à chaque pas nous pouvons tomber sur une diablerie abominable; serrez-vous autour de moi, et marchons si légèrement qu'on ne nous entende pas à une demi-portée de flèche.

Ils marchèrent quelque temps dans un profond silence ; tout à coup le chef s'arrêta :

— Ici ! murmura-t-il à la hâte ; tous ici ! un de ces gredins rôde autour de nous.

Et il réunit ses hommes dans l'ombre d'une porte entr'ouverte.

— Ne bougez pas de là, ajouta-t-il, jusqu'à ce que je vous le dise : s'il est seul, son affaire est bonne ; attendez.

Au même instant il disparut en rampant comme un serpent. Le bruit furtif d'un pas léger se fit entendre ; bientôt apparut dans l'ombre une forme humaine qui passa rapidement devant la porte. A peine eut-elle fait quelque pas, un bruit sourd se fit entendre, un gémissement, un râle d'agonie, et tout rentra dans le silence.

Une seconde après l'étranger reparaissait.

— Voilà une vipère de moins, dit-il ; je n'aime guère tuer un homme de sang-froid, cependant je n'ai aucun regret en ce moment ; ce coquin là aurait attroupé toute une meute sur nos talons. Mais, voici le jour, ne nous attardons pas davantage et revenons lestement au logis. J'ai fait ce que je voulais ; je leur ai donné de mes nouvelles ; à leur tour de me répondre s'ils veulent, ajouta-t-il d'un air étrange.

On se mit en marche pour revenir à la forteresse ; en passant devant le cadavre de l'Indien qui gisait étendu sur le dos au travers du chemin, les hommes remarquèrent qu'outre la blessure profonde qui lui trouait la poitrine, il avait sur le front une marque sanglante en forme de croix.

Le chef s'aperçut du frisson qui agita ses hommes :

— C'est *ma marque*, dit-il avec un grand sang-froid ; je la mets sur tous ceux qui me passent par les mains : quand ils la voient cela leur fait impression. C'est une fantaisie que je passe à ce brave camarade.

A ces mots il passa la main sur la poignée rugueuse de son couteau : un éclair de haine implacable brilla dans ses yeux.

— Vous n'êtes pas tendre pour les Indiens, lui observa un de ses hommes.

Le chef s'arrêta brusquement et d'une voix féroce et basse répondit en branlant la tête.

— Moi... tendre pour eux ?... Je les exècre! si je suis errant, exilé, solitaire !... si j'ai le cœur brisé!... c'est leur œuvre! l'œuvre de ces damnés! aussi n'ont - ils pas de pire ennemi que moi! je suis leur bourreau!

Il se tut : après quelques instants de silence, il se remit en route d'un air farouche, et comme mécontent d'avoir ainsi divulgué ses secrètes pensées.

Son langage et son accent différaient si fort de ses précédentes allures que ses compagnons ne purent s'empêcher d'en faire la remarque ; ils en conclurent que le mystérieux inconnu n'avait pas toujours été ce qu'il paraissait être en ce moment.

— Cependant le jour était venu rapidement ; il devenait impossible de traverser la plaine sans être exposé aux regards perçants des Indiens, s'ils étaient dans le voisinage. Chacun songea intérieurement que ce serait une précieuse chose d'être dans le fort au lieu d'être en rase campagne.

Le chef marchait toujours sans hésiter.

Ils longèrent ainsi la ceinture d'arbres qui se développait du village à la Block-house ; encore quelques minutes de marche et ils allaient rentrer sains et saufs.

Tout-à-coup, le chef s'arrêta et dit brusquement :

— Attention aux amorces ! gagnons ces arbres

qui nous serviront d'abri : espacez-vous, deux par deux, à de petites distances et ayez toujours l'œil sur moi. Ces maudits Indiens sont venus se fourrer entre nous et le fort ; il nous faudra leur passer sur le corps pour y arriver.

Aussitôt, joignant l'exemple aux paroles, il se mit à bondir d'arbre en arbre de manière à être toujours protégé. Ses hommes l'imitèrent, tenant leurs fusils prêts, et se dérobant autant que possible à la vue ou à la fusillade de leurs sauvages ennemis.

Ils gagnèrent ainsi rapidement du terrain, sans avoir rien vu ni entendu, lorsqu'avec une soudaineté foudroyante les bois parurent s'animer, chaque bosquet vomit du feu et des balles, les broussailles se hérissèrent d'Indiens.

Le chef épaula son arme, visa son homme et fit feu : un long hurlement d'agonie fit écho à la détonation de sa carabine.

— Et maintenant, enfants ! cria-t-il d'une voix tonnante, au fort ! deux à deux ; tirez l'un après l'autre et seulement à coup sûr ; laissez ces imbéciles gaspiller leur poudre et leurs balles.

Mais, suivant leur usage, les Indiens s'étaient retirés après ce premier échec : la petite troupe, profitant de cette trêve momentanée, réussit à se rapprocher considérablement du fort.

CHAPITRE VIII

ASSAUT

De la Block-House on pouvait voir distincte-tement les efforts faits par la petite troupe pour regagner cet abri : mais il n'y avait d'autre moyen de lui venir en aide, que de faire une sortie. Dickons n'était guères de cet avis, il craignait une attaque générale.

Le chef avait l'œil à tout, et se sentait fort tant que sa petite troupe serait sous l'abri des arbres : seulement il avait des inquiétudes très-vives pour le moment où il faudrait franchir l'espace décou-vert qui le séparait du fort : ce trajet assez long, ne pouvait qu'être fort dangereux, car il devait être parcouru sous une grêle de balles.

Néanmoins il garda ses pensées pour lui et continua de guider son faible bataillon, en l'en-courageant de toutes ses forces, jusqu'à l'extrême limite de l'abri formé par les arbres.

6

— Mes amis, dit-il alors, nous voilà presque arrivés, il n'y a plus qu'un saut à faire : si vous suivez mes instructions, ce sera chose facile. Continuez de vous cacher le mieux possible ; que celui dont je vais prononcer le nom parte à toutes jambes et cherche à gagner le fort : qu'il se garde bien de courir en ligne droite ; il faut bondir en ziz-zag pour dérouter le tir des sauvages. Ceux qui vont rester fusilleront tout indien montrant le bout de son nez. Êtes-vous prêts ?

Chacun répondit affirmativement ; aussitôt le chef prononça un nom : l'individu désigné partit comme un éclair.

A peine fut-il à quelques pas de ses compagnons qu'un frénétique hurlement le poursuivit dans sa course et une fusillade ardente fit sa partie dans cet infernal concert.

Le chef suivait le fugitif d'un regard anxieux, et respira en s'apercevant qu'il n'avait pas été atteint ; pour mieux le voir, il se pencha un peu derrière son arbre et se retira vivement. Mais, si prompt qu'il eût été, l'œil vigilant de l'ennemi l'avait aperçu ; à peine avait-il reculé sa tête qu'une balle fit jaillir l'écorce à l'endroit précis où elle s'était montrée.

— Oh ! oh ! tu es donc par là, toi, vermine rouge ! grommela le chef ; tu t'es trop pressé, imbécile ; tout à l'heure tu regretteras ce coup de fusil maladroit. Attends, gredin ! attends. tu vas voir.

A ces mots il fit feu sur un but invisible caché dans la cime d'un arbre.

Aussitôt Blancs et Indiens eurent devant les yeux un spectacle plein d'horreur, digne de ces scènes féroces.

Au milieu des hautes branches s'agitait convulsivement la silhouette sanglante d'un Indien. Le guerrier, blessé à mort, cherchait à se cramponner aux rameaux pour ne pas tomber, mais ses mains défaillantes et incertaines glissaient sur les feuilles ; l'heure suprême s'approchait. Au bout de quelques instants ses forces commencèrent à l'abandonner, son fusil lui échappa. Cependant il eût encore la vigueur de frapper furieusement à plusieurs reprises, l'arbre de son couteau. Puis il glissa, la face contre une grosse branche et s'y cramponna étroitement. La mort avançait lentement ; les doigts du blessé se ramollirent l'un après l'autre ; une de ses mains retomba dans le vide, ses pieds pendirent inertes. Il ne poussa pas un gémissement, mais sur son visage contracté se lisaient toutes les cruelles phases de son agonie.

Ce fut le moment que choisit le chef des Blancs pour faire un signal à ses compagnons.

— Courons ! dit-il, volons ! profitons de ce que leur attention est tout absorbée par leur camarade mourant en l'air. Je resterai le dernier pour protéger votre retraite.

Chacun s'élança et la petite troupe eût la chance d'arriver, sans être remarquée, jusque sous l'abri des fusils Européens : les Indiens ne pouvaient détacher les yeux de leur malheureux compagnon. Cependant ils ne tardèrent pas à reprendre leur sang-froid, et envoyèrent une volée de mousqueterie aux fugitifs qui se croyaient déjà sauvés.

Deux Blancs furent tués, raides, et tombèrent presque aux pieds des murailles. La carabine du chef se fit entendre en riposte, et une seconde après on le vit accourir avec la vitesse d'un daim, exécutant des bonds si extraordinaires qu'il passa sain et sauf au milieu de la fusillade générale des Indiens.

Les portes du fort l'attendaient ouvertes : il s'y précipita avec les glorieux débris de son petit bataillon et tous reçurent les embrassements de la garnison inquiète.

— Écoutez donc la musique qu'ils font autour de leur camarade, fit le chef en reprenant haleine; maintenant il doit être tombé de son arbre comme un fruit sec.

— Je les entends bien, répondis Dickons; on ne peut rien imaginer de plus farouche, de plus horrible que ces hurlements sauvages ; il y a de quoi faire frissonner le plus intrépide.

— Je suis de votre avis, et j'ajoute que tout ce tapage entre pour une bonne moitié dans leur talent stratégique : les malheureux qui tombent sous leurs coups sont déjà à moitié morts de frayeur.

— Que pensez-vous de toutes ces aventures ?

— Je ne saurais trop vous le dire encore, mais je suppose que sous peu de jours vous aurez quitté cette prison volontaire.

— Avez-vous aperçu quelque Peau-Rouge dans le village?

— Oui, un seul... il ne nous troublera plus.

— Vous l'avez tué?

— Ma foi oui ; ça s'est rencontré comme ça : Voyez-vous, M. Dickons, au moment où cette brute sauvage est venue se jeter sur mon chemin, j'étais en train de songer que si nos familles, nos femmes, nos petits enfants étaient restés dans le village nous n'aurions retrouvé que des têtes scalpées, des tas de cadavres mutilés et des flaques de sang à moitié rôti par l'incendie des maisons. Alors j'ai *tapé* dessus, et, pour mieux faire, je lui ai mis ma marque. — Les Indiens la connaissent, ajouta l'inconnu avec un rire sinistre ; quand ils l'aperçoivent cela leur donne à réfléchir.

Dickons causa encore quelque temps avec l'étranger, et lui adressa une foule de questions tendant à éclairer le mystère dont il restait enveloppé ; mais l'inconnu ne répondit que par monosyllabes, et finit par décourager Dickons.

Tous deux gardaient le silence depuis quelques instants, chacun rêvant au plan d'une bataille qui paraissait imminente, lorsque la fille de Dickons vint les rejoindre.

— Père, demanda-t-elle, ne chercherez-vous pas

6.

à recueillir les dépouilles mortelles de nos pauvres amis qui gisent là bas, exposés au couteau des scalpeurs indiens.

— Je le voudrais, Mary, mais ce serait là une imprudence qui coûterait la vie à plusieurs d'entre nous, répondit son père.

— Je n'insisterai pas quoiqu'il me paraisse triste d'abandonner ainsi sans sépulture de malheureux chrétiens.

— Ils ne resteront pas abandonnés, fit une voix proche de la jeune fille.

Celle-ci regarda autour d'elle pour savoir qui lui parlait. L'étranger seul était près d'elle, assis, la tête plongée dans ses mains.

— Vous m'avez parlé, Sir ? demanda-t-elle.

Il ressauta comme se réveillant d'un profond sommeil, et la regarda quelques moments sans répondre.

— Vous dites, Miss ?

— Je croyais que vous veniez de me parler.

— Peut-être !... fit-il d'un ton distrait. Ces Indiens ne vous font-ils pas peur ? ajouta-t-il avec une affectueuse urbanité.

— Oh ! oui, Sir ; mais je place ma confiance en Dieu, qui, sans doute, nous accordera de meilleurs jours.

— Vous êtes une bonne créature ; je songeais là que si toutes les femmes vous ressemblaient, les hommes seraient meilleurs et plus heureux.

— Beaucoup sont pareilles à moi.

— *Ici*, c'est possible : mais ailleurs.... il y en a qui laissent beaucoup à désirer.

— Vos paroles signifient peut être que les femmes ont sur les hommes une influence plus grande qu'on ne se l'imagine généralement ?

— Je pense ce que je pense... je sais ce que je sais !

— Vous connaissez une grande partie du monde ?

— Oui, j'ai erré en beaucoup de lieux. .; dans les colonies orientales,... ajouta-t-il en se reprenant.

— Vous avez été marié ?

— Voilà une singulière question que vous me faites-là. Qui, bon Dieu ! pensez-vous qui ait voulu épouser un vieux cuir tanné de chasseur comme moi ?

— Eh ! vous n'avez pas toujours été vieux : Dans votre jeunesse...

— Halte-là ! interrompit-il : chaque homme a eu un temps dont il vaut mieux ne pas parler devant lui. Quand j'étais jeune, je ne ressemblais guères à ce que je suis maintenant.

— Excusez-moi, sir ; j'avais une bonne intention ; quelquefois il est bon de confier ses chagrins à une oreille amie ; un encouragement sympathique éclaircit les sombres horizons de la vie.

— Dieu vous garde, miss, de traverser pareilles épreuves ; vous méritez mieux que cela. — Mais, que disiez-vous à votre père concernant ces corps...?

— Je demandais qu'on les recueillît pour les ensevelir.

— Ce sera fait, bonne jeune fille : j'y vais moi-même, dit-il en se levant.

Aussitôt il se fit ouvrir la porte du fort et s'achemina vers les deux cadavres d'un pas aussi ferme, aussi tranquille que s'il eût fait, en temps de paix, une paisible promenade : puis il les rapporta l'un après l'autre en lieu de sûreté.

Les Indiens, stupéfaits de son audace, le laissèrent faire ; il rentra au fort, calme et fier comme il en était sorti.

Les funérailles furent courtes et peu solennelles : une prière, un verset du psaume des Morts, et tout fût dit. Chacun reprit son poste, attendant l'heure suprême.

Toutes ces cérémonies terminées, Mary Dickons s'approcha de l'inconnu qui était venu se rasseoir au lieu où elle avait précédemment causé avec lui.

— Maintenant que nous avons un petit instant de répit, lui dit-elle, racontez moi donc quelque chose de vos aventures avec les Indiens ; je suis sûre que vous devez en avoir eu beaucoup, et je me sens une curiosité d'enfant pour entendre ces récits.

— Je vous dirai bien volontiers une histoire ou deux, Miss, avant de m'en aller ; mais je ne puis vous garantir d'arriver à la moitié seulement sans être interrompu par les Indiens.

— Vous avez raison, et je n'insiste pas. Cepen-

dant, vous parlez de nous quitter, j'espère bien
que ce ne sera pas de sitôt. Pourquoi vous en
aller ? Je suis sûre d'exprimer la pensée de tous
en vous disant que votre séjour ici sera bien
accueilli. Tout petit que soit notre village, il
était heureux avant cette triste guerre : il s'y
trouve, je crois, deux maisons inoccupées, dont
l'une touche à l'habitation de mon père. Vous
pourriez bien en habiter une. Vous me racon-
teriez vos histoires plus tard, à votre plaisir,
ajouta la jeune fille avec gaîté.

— Riant tableau ! murmura-t-il de cette même
voix douce et voilée, avec laquelle il semblait se
parler à lui-même.

— Pourquoi n'y figureriez-vous pas ?

— Non, miss, je ne puis. On ne voudrait pas,
dans le village, d'un vieux chasseur comme moi.
Je suis identifié avec les bois, la forêt est mon
gîte, partout ailleurs je serais mal à l'aise. Non,
non, miss, laissez le vieux bonhomme suivre son
chemin ; laissez-le retourner à sa vie sauvage.

— N'avez-vous donc jamais songé que vous
pouvez tomber malade et mourir ? Que devien-
drez-vous, lorsqu'à ces tristes moments vous ne
trouverez personne pour recueillir vos dernières
paroles, personne pour vous donner une sépulture chrétienne ?

— Le corps de l'homme, miss, n'est que boue
et poussière, ainsi que nous l'apprennent les
saintes Écritures; il importe donc bien peu que je
sois dans la vallée ou sur la colline, solitaire ou

en compagnie, quand viendra le moment de la dissolution de mon être terrestre. Mon âme, miss, s'envolera vers Dieu, aussi bien à travers les feuilles de la vieille forêt qu'à travers le marbre d'un tombeau ou le toit d'une cabane.

— Ainsi donc la mort ne vous fait pas peur ?

— Tout homme redoute plus ou moins ses sombres approches ; moi, je n'en suis pas effrayé. Dieu, je le sais, connait mes plus secrètes actions, je ne redoute pas son jugement.

— Vous me faites frissonner avec votre étrange sang-froid. Parlons d'autre chose : quand donc voudrez-vous nous quitter ?

— Pas avant que nous soyons débarrassés des Peaux-Rouges ; si, comme je l'espère, ils ont disparu dans un jour ou deux, je partirai. Nous avons tous une voie tracée, dans ce monde, il faut la suivre ; c'est ce que j'ai fait toute ma vie, soit dans l'ombre des nuits, soit à la clarté du jour ; tout est pêle-mêle dans la vie d'un homme ballotté par le sort, depuis le berceau jusqu'à la tombe.

En ce moment Dickons lui fit un signe : Il se leva en disant avec un sourire :

— Nous reparlerons, miss, de certaines choses que j'ai à vous dire.

Et il courut vers Dickons qui était au sommet de la forteresse.

— Je vous ai appelé, dit ce dernier, pour vous demander l'explication de quelque chose qui m'intrigue beaucoup.

— Qu'est-ce que c'est ?

— Je peux me tromper, mais il me semble que ce bouquet d'arbres est plus proche de nous aujourd'hui qu'hier : Il était auparavant à près de deux portées de fusil ; je crois qu'une balle y arriverait maintenant très - bien. Je connais trop bien cette clairière pour me tromper sur les distances.

L'étranger regarda. A l'extrémité de la ceinture boisée qui l'avait abrité dans son expédition était un groupe de jeunes bouleaux. Or, quelques heures auparavant, ces arbres faisaient partie de la ceinture en question ; actuellement, ils s'en trouvaient éloignés d'une centaine de pas.

Dickons se trouvait fort embarrassé pour expliquer un tel phénomène. L'étranger n'en parut point ému. Il promena rapidement sur la plaine son regard perçant, calculant les distances et étudiant la topographie des lieux.

— M. Dickons, dit-il enfin, êtes-vous sûr de ce que vous me dites-là ?

— Parfaitement ! répondit le capitaine encouragé par les préliminaires de son interlocuteur.

— Pourriez-vous me démêler la cause qui a déterminé ces arbres à faire cette promenade ? demanda l'inconnu en clignant l'œil malicieusement.

— En vérité, je ne saurais.

— C'est qu'ils ont vraiment l'air d'avoir poussé dans l'endroit où ils sont.

— C'est très-vrai.

— Alors, ne vous trompez-vous pas en supposant qu'ils n'étaient pas là hier matin.

— Ma foi, si je me trompe, cela m'étonnerait fort.

— Eh bien! capitaine, je vais vous expliquer le mystère : les Indiens se sont faits jardiniers, ils ont planté ces arbres là où ils sont.

— Je suis de votre avis, mais, en vérité, je ne comprends pas pourquoi ?

— Ni moi non plus; ce n'est pourtant pas la première fois que je les vois faire le même tour; je suppose que le diable en personne leur prête la main. Descendons au rez-de-chaussée et tenons conseil, car, suivant toute probabilité, nous aurons cette nuit une besogne suffisante pour nous empêcher de dormir.

La garnison fut réunie et on discuta les chances d'une attaque nocturne. Quelques hommes manifestèrent une vraie épouvante, mais le plus grand nombre se montra avide de venger la mort des deux jeunes gens tués au retour de l'expédition ; chacun, d'ailleurs comprit la nécessité d'une vigoureuse défense. On visita les armes, on vérifia l'état des munitions; ceux qui commençaient à en manquer furent approvisionnés ; enfin on attendit le grand moment, avec une fiévreuse anxiété.

Les inquiétudes de toute nature n'empêchaient pas les femmes de causer entre elles, et de songer à leurs amis et connaissances. La famille Hendrick fut le sujet de longues conversations; on

ne savait que penser de son absence. On se de
mandait aussi ce qu'était devenu Robert, qui
n'avait plus reparu malgré sa promesse de revenir bientôt : l'opinion générale était que le jeune
homme avait été tué ou fait prisonnier. Ce der
nier sort ne valait guère mieux que le premier :
il rappelait à l'imagination les tortures, le poteau
de mort , le bûcher , toutes les sanguinaires
inventions des Indiens.

— Ah ! chère madame Hardeman, disait Mary
Dickons, combien nous devons être reconnais-
santes envers la Providence d'avoir le bonheur
d'être abritées par les solides murailles de cette
forteresse, tandis que la pauvre famille Hendrick
est à la merci de l'ennemi.

— C'est vrai, Mary, nous sommes toutes péné-
trées de gratitude envers le ciel ; mais je ne puis
croire que la famille Hendrick soit au pouvoir
des Indiens. Je conviens que l'absence de Robert
est extraordinaire ; cependant je me souviens de
l'avoir entendu dire que Simpson et son ami le
Mohican étaient dans le voisinage et l'avaient
envoyé pour nous avertir du danger ; il me pa-
rait impossible qu'en telle société il lui soit arrivé malheur.

— Dieu le veuille ! répondit Mary avec des
larmes dans les yeux.

— Que pensez-vous de ce mystérieux étranger
qui nous a apparu si fortuitement et si à propos
pour nous défendre ?

— Je n'en sais rien ; s'il a un secret, il le garde

7

d'une manière impénétrable; je suppose qu'il a occupé un bien autre rang que sa position actuelle.

— Quoiqu'il en soit, il nous a rendu de grands services, et sa présence parmi nous a été précieuse. — Il faut que je vous quitte pour aller préparer le dîner; vous, allez donc voir auprès de votre père ce que signifie le tumulte qu'on entend là-bas.

La jeune fille descendit légèrement l'escalier grossier qui aurait plutôt mérité le nom d'échelle, et d'un bond fut aux côtés de son père.

— Dites-moi, je vous prie, ce qui s'est passé tout à l'heure? demanda-t-elle d'un ton insinuant dites, petit père! je vous aimerai bien.

— C'est un secret.

— Oh! vous savez que je les garde très-bien, les secrets.

— Petite curieuse! je vais te satisfaire, mais prends bien garde d'en répéter un mot.

Après lui avoir expliqué ses observations au sujet des arbrisseaux mouvants, Dickons ajouta d'un ton chagrin :

— Si, au moins, nous avions une pièce de canon, la chance tournerait pour nous. — Quand on a bâti ce fort, ajouta-t-il, il me semble qu'on y avait installé une couleuvrine montée sur son affût... mais, qu'est-elle devenue? je n'en sais rien.

Mary fit quelques pas en avant, en frappant la

terre avec son pied. Tout-à-coup elle s'arrêta et revint vivement vers son père.

— Il me vient une idée, dit-elle.

— Au sujet de quoi, miss? demanda l'inconnu qui arrivait auprès de Dickons.

— Quand j'étais toute petite fille, je crois me souvenir que je m'amusais avec un gros tube de fer; c'était la couleuvrine; avec d'autres enfants de mon âge nous l'avons enterrée quelque part, ici dans cette cour.

L'étranger se leva brusquement.

— Ah! voilà ce que j'aurais désiré le plus vivement! voyons! cherchons! guidez-moi: je ne pourrais souhaiter un plus aimable guide.

La jeune fille sourit en rougissant, et les recherches commencèrent. Elles furent longtemps infructueuses: enfin, au moment où on allait y renoncer, le long couteau avec lequel l'inconnu fouillait la terre grinça contre un corps métallique; le canon était trouvé.

Une fois extrait du sol, il fut examiné avec soin: c'était une forte couleuvrine, d'une épaisseur extraordinaire, pouvant lancer dix livres de mitraille à environ cinq cents pas. Toute rouillée qu'elle fût elle était encore très-capable de rendre des services.

Les hommes s'empressèrent de lui improviser un affût pendant que l'étranger préparait des gargousses.

— Je me figure, dit ce dernier malicieusement, la surprise de messieurs les Peaux-Rouges lors-

qu'ils entendront ce vieux camarade éternuer et
leur cracher les prunes que voici. Ils ne s'arrê-
teront pas à lui dire : « Dieu vous bénisse ; » j'en
réponds.

Et il se mit à rire de bon cœur.

— Cette vigoureuse riposte accélèrera sans
doute leur départ? demanda Mary.

— Je le suppose... surtout lorsqu'ils me verront
donner la pâtée — (et il montra une gargousse)
— à ce gros bull-dog ; ils s'envoleront! ah! ah!
vraiment, ils s'envoleront. — Avez-vous jamais
vu ces joujoux là, jeune fille?

— Non, sir : on ne pourrait en dire autant de
vous, on voit que vous êtes habile à manœuvrer
les armes de guerre.

— Heu! Heu! je dois convenir que j'en ai
quelque habitude.

— Cependant, je ne me souviens pas que nous
ayons eu une guerre dans ce pays, depuis que je
suis née.

— C'est vrai; si j'ai manœuvré les fusils ou les
canons c'était pour m'amuser. — Bon! voilà nos
préparatifs terminés: j'ai là de quoi faire dire six
paroles à ce vieux monsieur; les Indiens en auront assez de ce discours.

Pendant ce temps, les hommes avaient terminé
l'affût, de telle façon que la couleuvrine était
prête à mettre en batterie. On la hissa au sommet du fort, on l'assujétit fortement derrière un
gros tronc d'arbre disposé de manière à être mo-
bile suivant la direction du tir.

Cette besogne terminée, les hommes descendirent ; Mary, son père et l'inconnu restèrent seuls en haut.

— Ce sont là les arbustes dont vous m'avez parlé, Père ? demanda la jeune fille, en jetant ses regards sur la plaine.

— Oui, mon enfant. Et toi qui connais si bien la place qu'ils occupaient, tu dois voir qu'ils se sont singulièrement déplacés. — Ah ! sur ma parole ! ajouta-t-il avec un mouvement de surprise ; ils ont bougé encore ; les voilà plus rapprochés que tout à l'heure : je suis sûr qu'ils sont à portée de fusil maintenant.

— C'est, ma foi ! vrai, capitaine, répartit l'inconnu ; si les petites mains blanches de miss Mary n'ont pas peur de toucher un fusil, elle courra là bas me chercher le mien ; j'essaierai de vous dévoiler un des tours de cette canaille. Quoique vieux, je sais encore assez bien manier une arme à feu ; d'ailleurs, pour assurer mon tir je m'asseoirai sur l'escalier et j'appuierai le canon contre la muraille.

Pendant que la jeune fille, légère comme un oiseau, descendait pour accomplir la commission dont elle était chargée, l'étranger, avec l'assistance de Dickons, chargeait la couleuvrine. Durant cette opération, ils eurent bien soin de ne pas se montrer au-dessus du parapet, manœuvrant toujours courbés sur la pièce que, d'ailleurs, ils avaient eu soin de retirer en dedans de son embrasure.

L'inconnu, pour cette première épreuve, songea prudemment à ne placer dans le canon que des pierres rondes et choisies qu'il avait fait ramasser dans les cours du fort. Outre que ces projectiles, très-durs et très-pesants, devaient produire presque autant d'effet que les balles, le vieux guerrier réalisait ainsi une économie de munitions.

Comme ils finissaient leur chargement, Mary reparut avec la carabine, et la remit à son propriétaire : ce dernier remercia d'un sourire, visita soigneusement l'amorce, et dit joyeusement :

— Attention ! capitaine, et vous aussi, Miss ; regardez bien le dernier bosquet à droite. Vous le voyez ?

— Oui ; répondirent ses deux compagnons.

— Eh bien ! je le prends pour point de mire, et, si tout va comme je le pense, du premier coup je vous ferai voir les racines culbutées en l'air.

Il fit feu : le buisson fut agité d'un court frémissement ; mais ce fut tout. Il resta immobile à la même place.

Un nuage de désappointement passa sur le visage du tireur.

— Que je ne touche jamais plus un rifle de ma vie, si je n'ai pas manqué mon coup ! s'écria-t-il furieux.

— Je vous demande pardon, répliqua Mary ; j'observais parfaitement ce qui s'est passé, et j'ai très-bien vu trembler l'arbuste que vous avez touché. Pourquoi avez-vous tiré sur celui-là ?

— Parce que, aussi sûr que vous êtes vivante à cette heure, cet arbre est entre les griffes d'un Indien.

— Oh! vous croyez? demanda la jeune fille étonnée.

— Oui, Miss : et vous remarquerez que je ne visais pas la tige elle-même, mais à côté de la tige! Bah! je vais recommencer.

Il rechargea promptement, épaula avec soin, appuya son arme son sur le parapet, et visa longuement.

Au moment où le coup partit, l'arbuste tomba et on vit se tordre dans les broussailles le corps d'un Indien blessé : une seconde après il avait disparu, arraché de là par un compagnon invisible.

Le vieux chef triomphait.

— Ah! ah! avez-vous vu les racines cette fois? s'écria-t-il.

Dickons et sa fille étaient trop impressionnés pour répondre; ils continuaient de regarder le buisson factice.

— C'est formel, capitaine, continua l'étranger, vous pouvez les culbuter tous, les uns après les autres, vous ne leur trouverez pas d'autres racines que des Peaux-Rouges.

Dickons se retourna vers lui d'un air de reconnaissance profonde :

— Ange ou homme! dit-il, qui que vous soyez, je vous remercie, je remercie le ciel qui vous a inspiré de venir parmi nous : vous êtes assurément un envoyé de Dieu; vous êtes notre sauveur. Sans votre clairvoyante perspicacité nous aurions succombé cette nuit à une attaque imprévue.

Mary joignit ses remerciements à ceux de son père. Mais l'inconnu accueillit leurs protestations avec une froideur affectée, leur répondit par un signe de tête, puis, croisant ses mains derrière le dos, se mit à marcher silencieusement de long en large.

Son œil vigilant observait un phénomène extraordinaire en apparence, mais facile à expliquer maintenant. Quoiqu'il ne fit pas le moindre souffle de vent, les branches et les feuillages du bosquet paraissaient agitées d'un tremblement continuel ; en même temps, on pouvait constater que le buisson progressait imperceptiblement du côté du fort.

Le but des Indiens, en usant de ce stratagème, était évidemment de gagner une position assez rapprochée, pour pouvoir, dans la nuit, donner un assaut général.

Quoique la fusillade du vieux chef les eût considérablement désappointés en leur faisant voir que la ruse était découverte, ils persistèrent dans la même tactique, espérant que les Blancs, après avoir tué un Indien, croiraient avoir mis à néant tout risque de ce côté-là.

Le buisson mouvant conserva donc ses hôtes dangereux, qui, avec une obstination féroce, préféraient rester sous le feu des assiégés plutôt que de perdre un pouce du terrain conquis.

Dickons opinait pour les mitrailler avec la couleuvrine : mais l'inconnu l'en empêcha, ne voulant pas faire savoir aux sauvages que le fort possédait cette ressource suprême.

— Quelques balles franches, bien lancées par ma carabine, suffiront parfaitement, dit-il ; je vais m'exercer sur eux dans quelques instants.

Il continua sa promenade en silence, épiant le moment favorable; Dickons le laissa pour donner des ordres au rez-de-chaussée. Mary, dont la curiosité féminine n'était point satisfaite à l'endroit du vieux chef, resta auprès de lui dans le but de l'interroger encore.

—Vous avez déjà voyagé dans ces pays-ci ? lui demanda-t-elle.

Il tressaillit à la voix de la jeune fille et la regarda comme s'il se réveillait d'un songe.

— Pas précisément, Miss ; répondit-il, je suis venu dans le voisinage, du côté de l'ouest.

— Mais, quelle circonstance, quelle inspiration providentielle vous a amené à notre secours ?

— Ah ! voyez-vous ; il y là dedans quelque chose de bizarre ; plus j'y songe, plus j'en suis moi-même étonné. J'avais bien déjà un peu dans l'esprit de venir dans ces parages au printemps prochain ; mais je ne me pressais point, car j'avais à terminer mon installation dans ma caverne...

— Votre caverne !..... vous vivez ainsi sous terre ?... interrompit la jeune fille.

— Oui, Miss, c'est là ma maison, et je ne l'é-

7.

changerais pas contre les plus beaux édifices, car
j'y ai trouvé plus d'une fois un abri sûr et fidèle.
— Je disais donc que je faisais ma petite besogne
d'intérieur ; et, chose bizarre, j'avais toujours cette
idée fixe, qu'on avait besoin de moi quelque part.
Naturellement, je ne pouvais me rendre compte de
cette préoccupation : elle revenait sans cesse, et
je ne savais comment m'en débarrasser, lorsque
j'ai appris la levée d'armes du « roi Philippe ». Il
n'en fallait pas davantage, j'étais fixé. Aussitôt j'ai
pris mon bagage et je suis parti. J'ai suivi un peu
les Peaux-Rouges en prenant soin de ne pas me
laisser voir. J'ai promené ma carabine partout où
ils allaient. Arrivé ici, j'ai vu dans quelle position
vous étiez ; alors je me suis dit : « C'est là qu'on
a besoin de toi : » et je me suis présenté à votre
porte.

— Pour arriver au but généreux que vous pour-
suiviez, vous avez eu bien des périls à traverser ?

— Oh ! ce n'est guère la peine d'en parler : j'en
ai tant vu, en ma vie, que ces sortes d'affaires ne
comptent pas.

— Dites-moi, Sir ; j'ai été bien étonné lorsque
vous nous avez appris que les sauvages n'avaient
pas mis le feu au village ; savez-vous pourquoi ?

— Ce n'est pas difficile à comprendre ; d'abord,
nous les avons inquiétés presque immédiatement,
le temps leur a manqué. Ensuite, ils ont fait la
réflexion, fort juste, ma foi, que vos maisons
leur seraient utiles pour y camper ; ils se sont

donc décidés à vous tuer d'abord, à brûler le
village en dernier lieu.

— Croyez-vous qu'ils aient quelques chances de
succès, dans leur assaut?

— Je n'en sais rien. Ce qu'il y a de sûr, c'est que
nous les combattrons de toutes nos forces, et
que nous tâcherons de ne pas perdre un coup de
fusil.

— Mon Dieu! il me semble que je préférerais
voir la bataille engagée : cette cruelle attente est
pire que le combat. Que pensez-vous de leur
nombre?

— Peut-être cent cinquante, et plus; c'est impossible à dire exactement. En tout cas, c'est un
fort détachement. Tenez, Miss, regardez donc
ces broussailles! comme elle ont fait du chemin!

Mary jeta les yeux sur la plaine, et fut terri-
fiée de voir les progrès de cette marche imperceptible mais incessante.

— Ne songerez-vous pas à les fusiller s'ils con-
tinuent à avancer ainsi?

— Ils ne s'approcheront pas beaucoup plus près;
j'aimerais leur laisser la tâche d'engager le combat. En tout cas, nous n'aurons pas longtemps à
attendre, car il faudra bien qu'ils commencent
un moment ou l'autre. — Si nous nous mettions
à les fusiller maintenant, ils regagneraient les
bois, ils y rôderaient encore pendant deux ou
trois jours avant d'imaginer quelque nouveau
stratagème; ce serait du temps perdu. Laissons
leur croire que nous n'avons rien vu, rien deviné,

et attendons-les. Cette nuit, demain matin au plus tard, nous les aurons peut-être reçus de façon à leur ôter pour jamais l'envie de revenir. Tout ce que je souhaite, c'est de vous voir saine et sauve dans votre demeure, alors je vous dirai de bon cœur, « Adieu, Dieu vous bénisse... » et tout sera fini.

En parlant ainsi, il passa la main sur ses yeux, sa voix devint tremblante.

— Je ne puis que vous réitérer nos souhaits affectueux, dit la jeune fille émue ; nous désire-rions tous vous voir rester parmi nous ; mais à quoi me servirait d'insister, vous refuseriez ?

— C'est vrai, miss, je refuserais ; et lorsque je vous quitterai, ce sera probablement pour tou-jours. Néanmoins, permettez-moi de vous deman-der une faveur, avant de partir.

— Demandez, sir ; rien de ce que je pourrai faire ne vous sera refusé.

— Vous êtes chrétienne, n'est-ce pas ?

— Oui, sans doute ; je me réjouis de l'être.

— Bien, je le pensais ; donc, voici ce que j'ai à vous demander : Lorsque vous adresserez au ciel une prière pour vous et vos amis, pensez un peu à cette nuit où vous m'avez ouvert la porte de ce fort, et alors, jeune fille, sollicitez la miséricor-dieuse Trinité pour qu'un jour Elle ouvre les portes de son bienheureux paradis à l'âme de....

Il s'arrêta, sa mâle voix de chasseur avait fait place à des sons presque enfantins ; une indéfi-nissable expression de douceur triste et résignée.

et de confiance naïve animait son visage ; ses
lèvres s'agitèrent encore pendant quelques instants sans proférer aucune parole. Il avait été au
moment de dire son nom ; mais il se tût subitement, et fixant sur la jeune fille son œil devenu
froid et vitreux :

— En m'écoutant parler, dit-il, vous jugez à
mes allures et à mon langage que je suis tout
autre que l'indique mon costume... c'est une
erreur... *J'étais*, je ne *suis* plus. — Oh ! monde !
ambition ! amour ! haine ! qu'avez-vous fait de
l'homme, ce chef-d'œuvre de Dieu ?... Miss Mary,
au nom des services que j'ai pu vous rendre,
promettez-moi de ne découvrir à âme qui vive
la folie que je vais faire, de vous dire un secret...
le secret de ma vie ; jurez-moi de garder le silence, et je vous confierai tout, vous saurez qui
je suis.

— Je vous le promets, sir.

L'inconnu la remercia d'un sourire ; puis, reprenant tout-à-coup ses manières originales et tran-
chantes :

— Il nous faut descendre, si vous voulez bien,
miss, car le moment approche de nous préparer
aux grandes aventures nocturnes.

Elle le suivit sans faire aucune observation, et
le quitta silencieusement en arrivant dans la
cour.

De leur côté, les hommes ne se faisaient pas
faute de deviser du mystérieux étranger : Dix
versions au moins avaient été émises sur lui.

Les moins exagérées consistaient à dire qu'on ne pouvait imaginer qui il était, et, qu'après tout, ce pouvait bien n'être qu'un chasseur d'Hommes-Rouges.

— Vous penserez ce que vous voudrez, mes garçons, tout ça n'empêchera pas que ce soit un fier homme, encore leste comme un daim malgré son âge, tirant magnifiquement un coup de feu, capable de répondre à son pareil, disait M. Harris tout en charriant activement des balles.

— Je pense comme vous, Harris, répliquait M. Hardeman ; et, suivant moi, il a plus de science dans son petit doigt que plusieurs d'entre nous dans toute leur personne. Pour moi, c'est un ami ; je lui tiendrai compte, pendant le reste de mon existence, de ce qu'il a fait en notre faveur : s'il ne lui fallait qu'un gîte chez moi, sa vie durant, je le lui offrirais de grand cœur.

A ce moment arriva l'inconnu ; la conversation en resta là, chacun se groupa autour de lui pour recevoir ses instructions.

En quelques paroles brèves et énergiques, il leur fit part de ses prévisions pour la nuit suivante : il leur dépeignit les adversaires qu'ils avaient à combattre, et leur rappela le sort qui leur était réservé s'ils tombaient aux mains des Indiens. Les sentinelles furent doublées, avec recommandation sévère d'observer la plus exacte vigilance.

Jamais il n'avait mis tant de solennité dans ses

prescriptions ; son air sérieux fit comprendre aux hommes que l'instant décisif approchait. Toutes les lumières furent éteintes ; la garnison entière se renferma dans un morne et profond silence.

Plus d'un trappeur s'était déjà vu en face des Peaux-Rouges ; plus d'un père les avait vu massacrer ses enfants ; plus d'un mari avait à leur redemander sa femme ; presque tous avaient de terribles comptes à régler avec ces sauvages exterminateurs vomis par le désert.

La nuit vint, lourde et obscure, assombrie par de grands nuages plombés : la nature entière restait muette, comme dans l'attente de quelque sinistre commotion.

— Eh ! les amis ! n'y a-t-il pas moyen de causer un peu ; ce silence général est désagréable ! dit une voix.

Personne ne répondit ; l'interlocuteur regarda autour de lui, et il se préparait à parler encore, lorsqu'un roulement sourd, dans le lointain, vint frapper son oreille.

Tous les hommes dressèrent l'oreille et s'interrogèrent des yeux.

— Le tonnerre ! dit simplement Harris.

— Oui, répondit un autre.

— Ah ! si l'orage vient par ici, ça fera bien l'affaire des Indiens, observa M. Hardeman. Je vous le dis, voisins, il fera noir comme dans une caverne pour se battre, tout à l'heure, il fera vilain, je vous en réponds. Au moment où nous

nous y attendrons le moins, chacun de nous aura trois Indiens sur le dos ; attention à serrer les rangs !

— Pouvez-vous bien parler ainsi de notre situation ? reprit Harris ; elle était déjà bien assez triste avant ces menaces de tempête : si maintenant il nous faut combattre à la fois les éléments et les sauvages, c'est là une perspective capable d'ébranler les cœurs les plus intrépides.

— Mon cher ami, je ne veux certes pas vous effrayer : il vaut bien mieux prévoir le danger que d'y tomber en aveugle. Croyez-moi, ouvrons l'œil ; nous ne serons jamais trop vigilants pour les Indiens. Après tout, nous valons nos pareils, il ne s'agit que de bien se battre !

— Pendant ce temps, Dickons et l'inconnu étaient remontés au belvédère de la forteresse pour s'y mettre en observation. Leurs regards s'arrêtèrent d'abord sur le bosquet mouvant qui formait l'avant-garde ennemie. Il était toujours à la même place, mais un tremblement général et extraordinaire agitait toutes les branches : du reste, à cause de l'obscurité, il était impossible de distinguer aucun détail.

— Nous allons avoir une mauvaise nuit, si j'en crois l'apparence de ces grands nuages qui flottent dans le nord-ouest, observa Dickons.

— Oui, oui, mauvaise pour nous, et bonnes pour ces vermines rouges, répliqua l'étranger. Je suis sûr que ces présages de tempête les ont singulièrement animés ; néanmoins, il y en aura

plus d'un qui sera transformé en cadavre avant
d'avoir réussi à franchir nos palissades.

— La couleuvrine nous sera d'une médiocre
utilité dans les ténèbres.

— Oh ! elle dira son mot, tout de même, avant
qu'ils soient prêts pour l'assaut.

— Est-elle chargée ?

— Comment donc ! c'est vous qui m'avez
aidé !

— C'est vrai ; je ne m'en souvenais plus.

— Maintenant, retenez bien ce que je vais vous
dire. Tâchez, je vous en prie, de conserver
toute votre présence d'esprit, car nous allons
avoir une trop rude besogne pour que je puisse
être partout, et je dois compter sur votre aide
pour encourager les hommes. Mais si votre
cervelle est à l'envers au point de ne plus se
rappeler si une arme est chargée ou non,
vous ferez aussi bien d'aller vous renfermer
avec les femmes et de vous ôter de mon chemin.

— Mes souvenirs sont bien nets maintenant ;
je vous promets de faire parfaitement le service
que vous me demandez : je n'aurai ni frayeur ni
hésitation.

— Je compte sur vous, et je n'insiste pas davantage sur ce point : vous n'êtes pas un enfant ; vous
savez le sort que vous réservent ces vermines si
vous succombez ; il s'agit donc de combattre de
toutes vos forces, et après tout c'est votre affaire.
Moi, je suis un homme rude et franc ; je dis ce que

je pense, et je fais ce que je dis. Je remplirai mon devoir; que chacun en fasse autant que moi !

Dickons hocha affirmativement la tête en silence: l'étranger, après avoir dardé sur lui pendant quelques secondes ses regards perçants, se remit à examiner le bosquet mouvant, à peine visible dans les ténèbres.

La tempête approchait lentement, précédée de sourds grondements qui faisaient frissonner la forêt jusque dans ses dernières profondeurs. Çà et là quelques éclairs sanglants déchiraient les sombres nuées; leurs fugitives lueurs rendaient plus épaisses les ténèbres de cette effrayante nuit. Il ne tombait pas une goutte de pluie; un vent âcre et chaud lançait par intervalle des bouffées sifflantes, sinistres précurseurs de l'orage.

L'inconnu, toujours à son poste d'observation, épiait la plaine, attendait qu'un éclair illuminât le buisson mouvant.

Tout-à-coup, Dickons le vit bondir vers la couleuvrine, la manœuvrer seul avec une force herculéenne et la pointer contre les arbrisseaux suspects. D'un éclair à l'autre tout était prêt: on put voir alors que les branches éparses du bosquet s'étaient rapprochées en un seul faisceau, et marchaient vers le fort.

L'étranger recula d'un pas, plaça son riffle de façon à ce que le bout du canon se trouvât précisément au dessus de l'amorce de la couleuvrine, et fit feu. La détonation formidable fit trembler jusque dans ses fondations le vieil édifice; en même temps l'artilleur se pencha démesurément hors des créneaux, cherchant à percer les ténèbres du regard.

CHAPITRE IX

UNE NUIT DANS LE SOUTERRAIN

Qu'était devenue la famille Hendrick ?

Il lui était arrivé une première mésaventure très-pénible. Par la stupidité d'un des fils, le grand vase qui contenait la provision d'eau avait été renversé ; il n'en était pas resté une goutte.

La grande question avait été de renouveler la précieuse denrée : mais comment faire ? attendre patiemment le retour d'Œil-Sincère, et réclamer de lui ce service...? Mais l'époque de sa venue était fort incertaine et probablement éloignée : pendant ce temps, pour tous les besoins de la vie, le manque d'eau devenait une vraie calamité.

Le premier mouvement du jeune homme fut d'aller immédiatement au ruisseau. Son père l'en empêcha, craignant qu'avec sa maladresse habituelle il ne laissât des traces au moyen desquelles les sauvages découvriraient leur retraite.

Après d'interminables débats et des avis plus ou moins contradictoires, on s'arrêta à un plan qui semblait parer à tous les inconvénients, et remplir parfaitement le but.

La corde qui avait servi à enlever les bagages du lit du ruisseau jusqu'au souterrain était restée liée par un bout à une botte de paille fine et courte. Il était facile de la faire plonger dans l'eau, de la retirer imbibée comme une éponge et de remplir le réservoir au moyen des gouttes qui en ruisselleraient.

Cette opération n'était ni longue ni difficile, et elle devait avoir un plein succès si elle pouvait s'accomplir sans être aperçue.

Malheureusement sur la rive opposée étaient deux espions Indiens, embusqués dans les broussailles deux heures avant le jour.

Si les hôtes du souterrain n'avaient commis la grave imprudence de se montrer pour puiser l'eau, l'œil infaillible des sauvages n'aurait peut-être pas réussi à découvrir l'entrée de la grotte, dissimulée comme elle était par des masses de buissons, de lianes et de vignes sauvages entremêlées.

Un des Indiens dormait, étendu sous un abri de lianes ; l'autre, suivant la coutume du sentier de guerre, veillait appuyé contre le tronc d'un arbre avec lequel sa peau brunie s'identifiait.

D'abord, le bruit léger de la botte de paille montant et descendant au travers des feuillages ne fut pas remarqué ; mais, au dernier voyage, elle se heurta contre des ronces épineuses dont le froissement arriva à la fine oreille de l'Indien.

Ses yeux actifs ne furent pas longs à découvrir la paille au moment où elle allait disparaître. Avec la promptitude de la pensée il saisit son fusil et fut sur le point de faire feu, mais une réflexion l'arrêta ; il sourit d'un air satisfait, éveilla son compagnon, et lui fit part de sa découverte.

Après avoir échangé quelques mots avec jubilation, les deux Indiens se glissèrent dans le bois comme des couleuvres, et disparurent au milieu de ses noires profondeurs.

Au même instant, Hendrick se félicitait de son côté :

— Merci, mon Dieu ! s'écria-t-il lorsque son fils rentrait pour la dernière fois, nous voilà sauvés de nouveau.

— Ainsi soit-il ! répliqua le jeune homme ; je crois qu'Œil-Sincère lui-même ne s'en serait pas mieux tiré que nous, ajouta-t-il d'un ton prodigieusement satisfait.

— Êtes-vous bien sûrs, au moins, qu'aucun Indien ne vous a aperçus ? Les bois en sont pleins... j'ai entendu certains bruits...

— Oh ! n'ayez donc pas peur ! je suis bien tranquille, moi, reprit le présomptueux* jeune homme.

— Eh bien ! je ne suis nullement rassurée, dit Lucy d'un ton sérieux et convaincu en intervenant dans la conversation.

— Ah ! que nous dis-tu, ma fille ; et pour quoi ?

— Mon Dieu ! je ne saurais vous l'expliquer : je ne me rends pas compte, moi-même, de mes ter-teurs : pourtant, j'ai un pressentiment certain que la nuit prochaine mes appréhensions seront con-firmées.

— Chère sœur, vous êtes folle ! entièrement folle !

— Peut-être !...

— Enfin ! qui peut m'avoir vu ?

— Un Indien, assurément.

— Impossible : j'ai agi avec la légèreté et le si-lence d'une ombre invisible. J'ai observé les en-virons avec des yeux auxquels rien n'a pu échapper.

— Enfant ! pouvez-vous transpercer du regard le tronc des arbres, ou bien sonder les ombres de la forêt ?

— Je vous accorde ee que vous voudrez : mais je parierais ma tête que personne ne m'a vu.

— Ne pariez pas, vous perdriez !

— Bon ! et pourquoi ?

— Je vous l'ai dit, il m'est impossible de don-ner ce qu'on appelle une raison. Mais j'ai d'invin-cibles pressentiments... vous verrez !... vous verrez malheureusement trop bien que je ne me trompe pas !

Le frère pirouetta en faisant claquer ses doigts en signe d'incrédulité. Mais le père, soucieux, ne crût pas devoir dédaigner ces avis dictés par la

clairvoyance instinctive d'une femme ; il prit la
résolution de veiller lui-même la nuit suivante.

La journée fut silencieuse, solitaire, monotone
comme précédemment. Les jeunes gens commençaient à s'ennuyer ; il leur vint l'idée de fourbir
et charger leurs fusils pour faire un tour de
chasse, et voir en même temps ce qui se passait
au dehors ; peut-être même se seraient-ils décidés
à pousser une pointe jusqu'à la Block-House pour
s'informer du sort de leurs voisins et amis.

— Je suis tout à fait comme un poisson hors de
l'eau, entendez-vous, William ? disait l'un d'eux :
cette réclusion forcée dans un affreux souterrain
m'abrutit, et me fera bientôt perdre l'usage de
tous mes membres. Je me sens violemment tenté
de vous quitter et d'aller chercher fortune au village.

— Je comprends parfaitement vos tribulations,
mon pauvre Wel John, vous qui avez le cœur d'un
côté pendant que le corps est emprisonné de l'autre, répondait son frère : mais je me permets de
vous donner un sage avis, en vous conseillant de
différer un peu votre superbe expédition, jusqu'au
moment où vous pourrez l'exécuter sans crainte
de voir vos charmes amoindris par la perte de
vos cheveux et de la peau qui leur a donné nais-
sance.

— Vous êtes un composé de ce qu'il y a de plus
farceur dans la matière humaine, William ! jamais de ma vie je n'ai pu savoir votre pensée,
reprit John en riant.

8

— C'est que vous n'avez jamais cherché à me comprendre. Une question, s'il vous plaît ?

— Certainement.

— Mais y répondrez-vous, là, carrément ?

— Oui, c'est entendu.

— Vous êtes amoureux, mon mignon,.... et le nom de la demoiselle,... c'est Mary Dickons. Hein ; ai-je touché juste ?

John ne s'attendait pas à ce coup droit ; il n'y trouva pas de parade, et se détourna en murmurant quelques phrases inintelligibles.

Sur l'ordre de son père, Lucy avait préparé le souper un peu plus tôt que d'habitude. Malgré les railleries présomptueuses de ses frères, la jeune fille avait éveillé de justes inquiétudes dans l'esprit de son père ; et ce dernier avait pris la résolution de doubler le nombre des sentinelles pendant la nuit ; son intention était de veiller lui-même.

Du reste la conversation ne revint plus sur le même sujet ; excepté quelques vagues propos relatifs à la situation générale, il n'en fut plus question.

Depuis que la famille Hendrick habitait le souterrain, c'était l'usage d'allumer un petit feu à la tombée de la nuit, soit pour égayer un peu cette triste demeure, soit pour en sécher l'atmosphère humide. Ce soir là, tout resta dans les ténèbres, la famille demeura silencieuse et triste, échangeant quelques rares paroles.

— John !

— Plait-il, père ? répondit le jeune homme qui se tenait debout vers l'entrée du souterrain.

— Mon intention est de veiller avec vous cette nuit. C'est votre tour, n'est-ce pas ?

— Oui, père ; William était de garde la nuit dernière.

— Avez-vous entendu ce que disait votre sœur aujourd'hui ?

— En grande partie : pourquoi cette question ?

— Parce que j'ai le pressentiment que notre retraite est découverte.

— Et ce serait en prenant de l'eau ?...

— Précisément ! je suis de l'avis de Lucy.

— Comment pouvez-vous croire ?... Je ne puis vraiment concevoir !...

— Assez ! interrompit le père, ma tête est plus ancienne que la vôtre, et je déclare qu'il y a plus de vérité dans les rêves de Lucy que dans tous vos discours. Je vous ordonne d'être extrêmement vigilant.

— Je le serai, n'ayez pas peur.

Après un moment de silence, le père reprit la parole :

— Où est notre hache ?

— Au fond du souterrain : irai-je vous la chercher ?

— Oui : souvenez-vous, qu'en cas d'alerte, c'est moi qui agirai le premier ; ne bougez pas à moins que je vous appelle, ou que vous me voyiez en danger. — Ah ! un instant ! dites à vos frères de ne pas se lever, à moins qu'ils n'entendent du bruit du côté de la petite entrée ; alors, il faudrait m'avertir.

Lorsque tous les préparatifs furent faits pour la nuit, le père et le fils se placèrent à leur poste, et attendirent silencieusement.

Un peu après minuit, Hendrick, qui n'avait sommeillé un seul instant, fut mis sur le qui-vive par un léger bruit qui semblait venir de l'orifice de la grotte.

Il prêta une oreille attentive. On aurait dit le froissement imperceptible du feuillage : bientôt il devint évident que ce murmure était produit par le passage furtif d'une créature humaine.

Inquiet et tourmenté, Hendrick se souleva sur les mains et les genoux, et se mit à ramper avec des précautions infinies, sans froisser un seul brin d'herbe.

Arrivé à l'entrée de la grotte, il regarda avidement dans l'espace, mais il ne vit rien. La nuit était claire, illuminée d'étoiles, un Indien aurait pu être facilement aperçu.

Le bruit avait cessé : Hendrick était sur le point de revenir sur ses pas, lorsqu'un son à peine saisissable lui sembla venir d'en haut. Aussitôt il releva la tête, et vit une corde en peau de daim se balancer à la voûte du rocher.

Cette corde descendit lentement de quelques pouces, puis s'arrêta : au bout de quelques secondes, elle recommença son mouvement de

descente, jusqu'à ce que le bout atteignit la plate-
forme. Elle remonta ensuite, et redescendit plusieurs fois, comme si ceux qui la manœuvraient
eussent cherché à sonder le terrain pour s'assurer d'un point d'appui.

Enfin, une secousse finale annonça à Hendrick
que le bout supérieur venait d'être fixé par un
nœud.

Il était prudent de se retirer en arrière ; c'est
ce que Hendrick fit dans un silence absolu. Il
informa brièvement son fils de la découverte
qu'il venait de faire : puis, tous deux restèrent
aux aguets, anxieux, immobiles, dans un silence
tel qu'on aurait pu entendre les battements de
leurs cœurs.

Après une longue attente, Hendrick aperçut à
l'entrée de la grotte, d'abord la tête, puis les
épaules, enfin tout le corps d'un Indien qui se
glissait avec la souplesse d'un serpent et le silence d'une ombre.

— Voyez-vous?... murmura-t-il à son fils.

— Oui.

— Souvenez-vous de mes instructions.

En même temps il se leva, s'arma de sa hache
et se posta de côté à l'orifice de la grotte. A
peine était-il installé que l'Ottawa se montra de
nouveau et pénétra tout doucement dans le souterrain.

Hendrick le laissa arriver à bonne distance, la
hache levée, prêt à frapper, et au moment où
le sauvage venait de le dépasser, il lui asséna de

8.

toutes ses forces un coup terrible sur le cou. La tête fût presque séparée du tronc, et le cadavre, après avoir oscillé sur ses jambes, alla tomber aux pieds de John qui, fidèle à la consigne, n'avait pas bougé.

— Merci, mon Dieu ! murmura Hendrick ; voilà un ennemi de moins. Ma seule crainte maintenant, est que ses compagnons le suivent de près.

Comme pour répondre à sa pensée, la corde fit entendre un léger frôlement, et Hendrick la vit qui s'agitait comme demandant un signal. Sans bien se rendre compte de ce qu'il faisait, il en prit le bout et l'agita en manière de réponse.

Sur le champ un bruit de feuilles froissées annonça qu'un second Indien descendait à son tour.

Hendrick se remit aussitôt en garde et attendit. Au bout de quelques secondes, l'Ottawa apparût, fit hardiment quelques pas dans le souterrain ; mais tout-à-coup il s'arrêta méfiant, grommela quelques mots dans son idiôme, et se retourna pour fuir.

La hache mortelle s'abattit sur lui ; il tomba comme foudroyé à côté de son compagnon.

Le père et le fils attendirent longtemps encore dans une muette anxiété : aucun autre sauvage ne se montra.

Les longues heures de la nuit s'écoulèrent une à une et le soleil levant vint éclairer cette scène lugubre. Ce fut pour la famille Hendrick, et pour

la tremblante Lucy surtout, un affreux spectacle
que ces cadavres farouches, peints en guerre,
l'œil vitreux, les dents serrées, le visage contracté
et menaçant encore, gisant au milieu d'une mare
de sang qui avait ruisselé de leurs profondes
blessures.

La grande difficulté était de savoir que faire
de ces corps. Les réfugiés du souterrain, éclairés
par ce terrible exemple, redoutaient de com-
mettre la moindre imprudence capable de les
trahir encore.

On finit par se résoudre à les conserver dans
un coin jusqu'à l'arrivée de Simpson, à moins
qu'il ne tardât trop longtemps ; dans ce cas, et
lorsque la putréfaction les aurait rendus insup-
portables, on était toujours à temps de les jeter
dans le ruisseau, au risque de voir le secret du
souterrain découvert.

CHAPITRE X

UN RENFORT

OEil-Sincère, Robert et Assa se dirigèrent en toute hâte vers la maison d'Hendrick : ils y arrivèrent sans avoir rencontré sur leur chemin aucune trace des Indiens.

Une fois dans cet asile, la tentation leur vint d'y prendre du repos : tentation bien pardonnable si on considère que, depuis plusieurs nuits, ils n'avaient point fermé les yeux. Ils s'installèrent donc moelleusement dans le grenier à fourrages et s'y endormirent profondément.

Il était nuit close lorsqu'ils se réveillèrent, et Simpson fut très mécontent de lui-même en s'apercevant du long espace de temps qu'ils avaient accordé au repos. Tous trois prirent à grands pas la route du souterrain, dont les hôtes leur inspiraient de vives inquiétudes.

— Mon garçon, dit le chasseur après quelques

moments de silence, il va pleuvoir cette nuit, si j'en crois la tournure menaçante de ces gros nuages noirs. Suivant moi, les serpents ne laisseront pas échapper une si belle occasion d'inquiéter les gens de la Block-House. J'ai idée d'aller donner un coup d'œil de ce côté-là après notre visite au souterrain. — Que dites-vous de ça, Mohican?

— Moi, je veux y aller vite, pour scalper plus tôt!

— Parfaitement, Indien mon ami: vous autres, vous n'avez que le scalp en tête; c'est votre nature, suivez-la.

— Faudra-t-il que j'aille avec vous? demanda Robert.

— Je saurai vous dire cela quand nous serons au souterrain. Cela me paraît probable, quoique.., quoique..., ajouta-t-il en flairant l'orage, je n'aime guère me mouiller quand ce n'est pas nécessaire. Mais si Assawomset a mis cette idée-là dans sa tête, il l'exécutera, et moi je le suivrai: voyez-vous, c'est mon ami, je le suivrai partout, même pour accomplir la plus grande folie: je ne veux pas que les vermines rouges lui mettent encore la main dessus.

En arrivant à la grotte, il leur fallut faire plusieurs fois le signal convenu avant qu'on y répondit, tant était grande la méfiance des pauvres prisonniers. Œil-Sincère était le premier; au premier pas qu'il fit, il se heurta contre les deux cadavres Indiens que les jeunes Hendrick avaient rangés sur le bord extérieur de la plate-forme pour les jeter dans la rivière lorsque la nuit serait devenue assez sombre pour dissimuler leurs mouvements.

— Hé! hé! fit Simpson; il y a là du gibier rouge! comment avez-vous eu la chance de l'abattre?

— Ils sont venus nous relancer dans notre retraite, répondit Hendrick; mais, Dieu merci, on les a vigoureusement reçus.

Ce fut, pendant quelques instants, un échange empressé d'histoires, de récits, de questions et de réponses. Simpson eût le talent de faire sourire ses amis en leur racontant le succès pyramidal de ses « pouvoirs. »

— Allons, mes enfants! conclut-il, jetez-moi ces deux carcasses dans l'eau, avec la précaution de les déchirer un peu sur les rochers; leurs camarades penseront qu'ils ont dégringolé du haut de la colline, et ne soupçonneront même pas l'existence du souterrain.

Au moment où les fils Hendrick se disposaient à exécuter cet ordre, Assawomset s'approcha d'Œil-Sincère et le regarda fixement en face. Le chasseur fit un signe de tête; en un clin-d'œil les deux Ottawas furent scalpés sans que personne s'en aperçût.

Quelques secondes plus tard les deux cadavres étaient lancés dans l'espace et plongeaient dans le ruisseau avec un clapotement sinistre.

— Dites-moi, Simpson, demanda Hendrick en

rentrant dans le souterrain, quand pensez-vous
que les Indiens attaquent la Block-House? Par
le temps qu'il fait, nos amis doivent-être en dangereuse disposition.

— Que pourrais-je vous répondre, Sir?... on ne
peut jamais compter sur rien avec cette infernale
race. Le petit Robert et moi, nous parlions tout-
à l'heure d'aller au fort pour donner un coup de
main aux assiégés.

Simpson parlait encore, lorsque la sombre détonation de la couleuvrine gronda dans l'air, et,
semblable au roulement lointain de la foudre,
alla se percuter dans les échos.

— Entendez-vous ! s'écria Simpson.

— Serait-ce le tonnerre? demanda Robert.

— Non, mon garçon ; on dirait la décharge
d'un canon... mais personne n'en a par ici.

— Je ne crois pas :... pourtant je n'oserais af-
firmer qu'il n'y en eût pas un dans la Block-
House.

— Quoiqu'il en soit, ce bruit là est celui d'une
pièce d'artillerie, je vous en réponds.

— Ne serait-ce point un feu de peloton ?

— Nullement, c'est un coup de canon et pas
autre chose ! n'est-ce pas, Mohican ?

Tous les yeux se tournèrent vers Assawomset dont la haute stature, éclairée par le feu, se
dessinait sur l'azur sombre du ciel.

L'Indien, d'un air absorbé, fixait ses yeux
d'aigle sur la plaine : une curiosité impatiente
se peignait sur son visage.

— Œil-Sincère! dit-il en dialecte Indien ; venez ici et regardez.

Le chasseur bondit auprès de lui et dirigeant ses regards dans la direction indiquée par le Mohican, aperçut un incendie flamboyant à une distance d'un mille, du côté de la forteresse.

Au même instant, on entendit une vive fusillade à laquelle se mêlaient les hurlements des sauvages.

— Ah! je vous le disais bien, mes amis! c'est là-bas! s'écria le chasseur avec une animation extraordinaire; Peter Simpson n'est pas homme à rester ici comme une tortue tandis qu'on se culbute ainsi aux Settlements ; il y a assez de monde au souterrain pour se défendre, Assa et moi nous allons courir à la plaine afin de leur donner un coup de main.

— Peter, vous ne pouvez y aller! dit Lucy suppliante.

— Et pourquoi ?... demanda-t-il en se retournant vers elle, les yeux illuminés d'un emportement sauvage que Robert avait déjà remarqué.

— Parcequ'il est de votre devoir de nous protéger.

— Oui, très-bien!... et de laisser scalper tous les autres ?

— Ils sont nombreux pour se défendre.

— Leurs ennemis aussi sont nombreux pour les attaquer. Non, non! il n'est pas dans ma nature de voir des amis me tendre inutilement la main. Non! ce n'est pas ma nature! non! ce n'est pas

9

l'ordre du Grand-Esprit! Non! ce n'est pas le précepte du Bon Livre! — Je vous le dis comme je le pense : si je vous sentais dans le danger, je resterais ici ; mais je connais l'état des choses et je m'en vais où mon bras et mon rifle sont le plus utiles.

Simpson avait un peu de la nature sauvage : il parlait peu ordinairement et agissait vite ; jamais on ne l'avait entendu parler si longtemps et avec une telle surexcitation. Sa voix était sifflante, nerveuse, saccadée ; tout en discourant, il se promenait de long en large, d'un pas agité, et rejetait sa carabine derrière l'épaule.

Quand il le vit plus calme, Robert lui adressa la parole :

— Voulez-vous être accompagné par quelques-uns de nous?

— Je ne demanderais pas mieux, car nous aurions plus tôt fait d'écraser ces vermines rouges : mais cela n'est pas possible, parce qu'il ne faut par laisser la jeune fille seule.

— En quel nombre pensez-vous qu'il soit nécessaire de rester ici? demanda Hendrick.

— Oh! Sir ; je peux facilement vous le dire : d'abord, les Peaux-Rouges ne viendront pas par ici cette nuit, ils sont trop occupés là-bas, ils y ont concentré toutes leurs forces ; en second lieu, ils ne connaissent pas ce souterrain. De là je conclus que vous et votre fille pouvez sans inquiétude rester seuls ici. Vous autres, garçons, je vois notre affaire belle en emmenant six d'entre vous, pourvu que nous soyons rapides et hardis.

— Œil-Sincère ressemble à une squaw — il parle beaucoup trop pour un guerrier ! fit le Mohican impatient ; — l'Indien marche ; il faut que le Mohican scalpe des chevelures.

— Vous, mon gaillard, si vous ne parvenez pas à trouver le nombre de chevelures qui vous convient, je vous offrirai la mienne, répliqua le chasseur avec un sang-froid magnifique.

— Le Mohican ne prend pas le scalp d'un ami — mais s'il ne part pas rapidement, pour tuer les Ottawas, le sentier de guerre sera long : tout-à-l'heure la plaine sera déserte. — Pas bon, çà ! pas bon pour moi !

Hendrick, comprenant la nécessité d'agir promptement, se hâta de conclure conformément à l'avis d'Assawomset.

— Je pense comme vous, Simpson ; partez, emmenez les garçons, Lucy et moi nous nous tirerons parfaitement d'affaire. Cependant, promettez-moi qu'on sera de retour de bonne heure.

Les jeunes gens étaient transportés d'aise à l'idée d'une expédition : en un clin d'œil ils furent équipés. Vainement la tremblante Lucy fit quelques objections, on ne l'écouta seulement, pas et bientôt la petite troupe disparut dans les ténèbres.

— Ah ! ah ! ah ! camarades, s'écria le chasseur dans la jubilation, çà va bien marcher, vous allez

voir ! cependant, méfiez-vous, pas de bruit surtout, car les Ottawas ont de bons yeux et de
bonnes oreilles ; il faut arriver à portée de fusil
sans qu'ils nous découvrent. Eh bien ! Assa,
marchons-nous vers ce feu ?

— Oui, j'y vais. — Il y a là peu d'Indiens —
Tous les autres sont au fort — c'est bon pour
nous. — Laissons de grosses traces sans nous inquiéter, les Indiens ne les suivront plus !

— Alors, Mohican, vous pensez qu'ils seront
écrasés cette nuit ?

— Moi, pas *sûr*, mais je le crois. Quelquefois
j'ai espéré un soleil brillant, il se levait couvert
de nuages. Le Grand-Esprit seul peut savoir, lui
qui fait tout.

Tout en accordant aux Blancs qu'il fréquentait
une certaine condescendance, Assawomset n'a-
vait point dépouillé sa silencieuse et grave nature
indienne ; en terminant sa brève réponse il fit
entendre un grognement significatif qui indi-
quait la clôture de toute conversation, et prenant la tête de la colonne, il se mit à marcher
d'une telle vitesse que les jeunes Hendrick
avaient toutes les peines du monde à le suivre.
Plusieurs fois, même, Simpson fut obligé de l'arrêter un peu afin de leur donner le temps de le
rejoindre.

Bientôt ils arrivèrent à proximité du feu : là
ils firent halte, et, suivant sa coutume invariable,
Peter se détacha en éclaireur pour s'assurer du
nombre des ennemis.

Assawomset craignait que, dans son impétuo-
sité, le chasseur ne se jetât intempestivement
sur ses adversaires sans attendre d'être secondé;
mais au bout de quelques secondes, Simpson
reparut et fit connaître le résultat de ses recherches.

Il y avait auprès du feu trois indiens, dont l'un
paraissait grièvement blessé ; il était étendu sur
un lit de fougères ; ses compagnons, tout entier
aux péripéties de la bataille, n'entendaient rien
de ce qui se passait autour d'eux.

Robert, d'accord avec les jeunes Hendrick,
était d'avis qu'il fallait épargner ces trois adversaires si inférieurs en force et passer outre :
mais le chasseur et le Mohican ne voulurent
point admettre cette modération intempestive.

— C'est à nous de voir si nous voulons être
vainqueurs ou vaincus, dit Peter ; ces gens là nous
tueraient sans hésiter, s'ils le pouvaient, il faut
nous en débarrasser.

Les jeunes gens virent bien que c'était une
affaire tranchée et n'insistèrent pas.

S'approcher, à pas de loup, des Indiens sans dé-
fiance et poignarder les deux hommes valides, fut
pour Simpson et Assa l'affaire d'un instant. Chacun d'eux avait choisi sa victime ; les Ottawas
tombèrent comme foudroyés. Le blessé bondit et
fit quelques efforts chancelants pour fuir ; mais le
Mohican avait fondu sur lui, il le ramena vers le
feu dont il attisa les flammes.

Simpson vit de suite ce qu'allait faire le Mohican : il secoua la tête, l'engagea à ne pas perdre un temps précieux, lui dit quelques mots d'humanité chrétienne, et finit par lui tourner le dos, comprenant bien que toutes ses paroles seraient inutiles.

En effet, le Mohican n'avait pas fait la moindre attention aux discours de son ami : il couvait des yeux son prisonnier et se mit à lui parler en langue Delaware.

— Frère, dit-il en se plaçant contre lui face à face, j'ai à vous parler un court instant. Un sage guerrier ne ferme jamais l'oreille à la voix de son ennemi ; et, quand cet ennemi appartient à la grande et sage tribu des Mohicans, il peut en recevoir d'utiles leçons. Nous avons chassé sur les mêmes terrains, pêché dans les mêmes rivières, dormi dans les mêmes forêts ; nous sommes venus à nous battre, à nous entr'égorger : je vais vous tuer. Je vous ai poursuivi avec ces Faces-Pâles, je vous ai atteint, je vais vous scalper ; j'espère que vous consentirez à mon désir.

La contenance du Mohican, pendant cet étrange discours, était si humble, sa voix si douce, que les jeunes Hendrick crurent le voir consoler et réconforter son captif, au lieu de l'intimider.

Cependant le tomahawk qui frémissait dans sa main crispée formait un terrible contraste avec ce langage horriblement doucereux.

— Frère ! reprit-il avec un redoublement de

suavité, vous êtes sans doute un grand guerrier quoique je ne vous connais pas : mais vous êtes blessé, et un lâche ne reçoit pas de semblables blessures. Je suis désolé, frère, de ne pouvoir éprouver votre bravoure par la torture, ainsi qu'il est dans nos usages; frère, le temps me manque, je dois me hâter pour tuer encore un grand nombre de vos amis. Ils vous attendent peut-être, comptant que vous leur ferez un signal d'alarme; je ne veux pas que vous jetiez ainsi le trouble parmi eux, vous ne sortirez pas de mes mains. Je ne vous ferai pas longtemps attendre pour vous envoyer aux territoires de chasse du Grand Manitou. Maintenant, frère, je vais vous apprendre qui je suis.

A ces mots l'aspect du Mohican changea subitement; ses yeux lancèrent des éclairs, son visage s'illumina d'un reflet féroce, sa voix devint grondante et caverneuse, il redressa orgueilleusement son athlétique stature.

— Je suis, dit-il, je suis Assawomset le Mohican, le guerrier devant lequel vos jeunes hommes tombent comme les feuilles en automne. Mon wigwam est rempli des scalps de vos braves, j'en ajouterai encore beaucoup des vôtres : il y a place aussi pour la chevelure de mon frère.

En même temps il écarta la couverture qui flottait sur ses épaules et montra les sept chevelures supendues à son côté; puis il reprit :

— Mon frère ne pense-t-il pas maintenant que

je suis un brave? et que c'est un honneur de mourir de ma main ? J'ai vécu avec votre tribu ; j'ai pris une femme dans votre tribu ; j'ai mangé fumé, chassé, tenu conseil avec votre peuple ; j'ai été votre ami jusqu'au moment où vous avez déterré la hache, et, peints en guerre, vous avez marché contre les Faces-Pâles. Alors j'ai dit : « Le Mohican ne combattra pas dans cette guerre, « il n'abattra pas les mains de ceux qui étaient « ses amis. » Ensuite je suis parti avec ma squaw, j'ai établi mon wigwam dans un lieu tranquille où l'herbe était verte, la forêt touffue, les eaux limpides. — Je n'avais pas levé le tomahawk contre mes frères rouges. — Frère ! un jour, vos jeunes hommes sont venus, ont enlevé ma squaw, brûlé mon wigwam, tué mon enfant. Mon cœur est gonflé, mon couteau est aiguisé, je suis peint pour le sentier de guerre. Je suis arrivé, frère, je regrette de ne pas vous avoir atteint plus tôt; mais, si je me suis attardé, c'est pour tuer vos guerriers : j'en tuerai encore beaucoup. Votre tour est venu : adieu, Frère !

Robert, attentif à cette scène, fit un mouvement pour protéger le prisonnier; mais un regard de Simpson l'arrêta. Pas un muscle du captif n'avait tressailli, et lorsque d'un ton lugubrement moqueur, Assawomset lui dit « adieu », on vit le guerrier Ottawa redresser et raffermir fièrement sa tête pour recevoir le coup mortel.

Robert vit le tomahawk briller comme un éclair et se détourna pour ne pas voir l'affreuse exécution : mais il ne pût empêcher ses oreilles d'entendre la lame tranchante grincer sur les os du crâne et l'Indien retomber lourdement sur le sol.

Au bout d'un instant, le Mohican se releva tenant à la main trois chevelures sanglantes ; l'orgueil, la satisfaction de la vengeance assouvie, toutes les ardeurs de la haine sauvage resplendissaient sur son visage farouche : il présendait à ce moment l'idéal effrayant du guerrier sauvage,

Assawomset rechargea tranquillement son rifle et se remit en marche sans prononcer un mot.

Pendant ce temps, la fusillade avait cessé ; quelques rares coups de feu retentissaient encore par intervalles. Simpson en conclut que les Indiens avaient été chaudement reçus et avaient été obligés de battre en retraite. Conséquemment il y avait risque de tomber au milieu de quelque détachement en train de se rallier après la déroute pour reformer une nouvelle embuscade. Le chasseur eût le soin de n'avancer qu'avec les plus grandes précautions, faisant des haltes fréquentes pour épier le moindre bruit suspect.

— Il y a, tout de même, quelque chose qui me chiffonne, grommela Simpson tout en marchant.

9.

— Qu'est-ce que c'est? demanda Robert.

— Eh! donc! ce canon!...

— Etes-vous entré dans la Block-House?

— Mais, oui; il y a peu de temps, même.

— Vous n'y avez jamais remarqué de pièce d'artillerie?

— Non, mon garçon; et j'ai toujours été surpris de n'en pas voir; parcequ'il y a ordinairement dans tous nos forts des joujoux de cette nature.

— Il me semble me souvenir qu'un jour Dickons m'a parlé d'un canon apporté lors de la fondation du fort.

— Eh bien! soyez sûr qu'ils l'auront déterré quelque part, et ils ont, ma foi! bien réussi. Mais... il y a encore autre chose qui me chiffonne.

— Quoi donc?

— Je ne peux croire que personne là-dedans ait su manœuvrer cet engin :... si vous y aviez été, je ne dis pas...

Robert se mit à rire :

— Et Dickons; vous le comptez donc pour rien?

— Je ne dis pas... Mais il s'est fait dans tout ça un tel remue-ménage, et les Indiens paraissent avoir été si bien « secoués », que, suivant moi, Dickons n'était pas seul dans cette affaire. Du reste, nous allons vérifier tout cela.

— Je ne puis rien vous dire : je sais seulement que Dickons est un brave cœur qui met toute sa confiance dans celui entre les mains duquel est notre sort à tous.

Cette réponse fut faite sur un ton qui termina la conversation, et la petite troupe continua sa route en silence.

CHAPITRE XI

A la lueur de la décharge, l'inconnu avait pu juger des ravages faits par la mitraille dans le groupe ennemi. Le résultat, du reste, pouvait être attribué plutôt à un heureux hasard qu'à la justesse du pointage, car il était matériellement impossible de viser dans l'obscurité. A la quantité de corps gisant sur le sol il pût conjecturer que le coup de couleuvrine avait fait de nombreuses victimes.

Ce premier désastre n'eut d'autre effet que d'allumer la fureur des sauvages et d'accélérer l'assaut. Avec d'horribles hurlements ils se mirent à fusiller le fort et le criblèrent de balles.

Les assiégés se portèrent bravement aux créneaux et ripostèrent avec une meurtrière énergie. Les femmes elles-mêmes voulurent se mêler à l'action, mais l'inconnu les renvoya d'autorité; force leur fut de se renfermer dans une salle basse où elles attendirent avec anxiété l'issue de la mêlée.

Dickons, se modelant sur son mystérieux auxiliaire, faisait bonne contenance, s'agitait comme quatre, commandait comme six, et se battait comme huit.

On brûla de la poudre pendant plusieurs heures sans se faire grand mal de part ni d'autre. Cependant les Indiens étaient les plus maltraités, car les assiégés profitaient, pour tirer, des moments où ceux-ci tiraient eux-mêmes et devenaient visibles à la lueur de leurs amorces : les assiégés, au contraire, ne pouvaient être atteints qu'à travers les joints des troncs d'arbres, et malgré l'activité du tir des Peaux-Rouges il y eut peu de blessés dans le fort. En outre, l'étranger prit soin de faire changer ses hommes de position à chaque décharge; de cette façon il arriva à sauvegarder considérablement la vie des assiégés.

Depuis le commencement de l'assaut, le ciel s'était entièrement couvert d'un voile épais de sombres nuages : quelques rafales passèrent sur la plaine, entraînant avec elles une atmosphère âcre et brûlante, puis il se fit un moment de calme pesant, sinistre, effrayant, au fond duquel on sentait bouillonner les colères contenues de l'orage. Des profondeurs septentrionales de l'horizon arrivaient par intervalles des rumeurs lugu-

bres, pareilles à des menaces ou à des gémissements lamentables : le ciel et la terre attendaient.
effrayés.

Le feu des Indiens se ralentit peu à peu ; ils
réunissaient leurs forces pour tenter un assaut
suprême.

Lors de la construction du fort, on l'avait
entouré d'une sorte d'ouvrage avancé, composé
d'énormes pieux fortement enfoncés dans la
terre : mais les injures du temps avaient détruit
en partie cette palissade, dont quelques débris
seulement restaient debout : les assiégés n'avaient
pas eu le temps de la consolider ; ce n'était donc
pas une défense sérieuse.

Mais, dans les murailles mêmes du fort, il
y avait aussi des côtés faibles, des troncs
pourris, au travers desquels les assaillants pouvaient se frayer passage sans qu'on les entendit.

Le poste confié à Harris était précisément
un des endroits les plus faibles de la place :
non-seulement les poteaux étaient moisis, mais
encore le sol s'était affaissé et avait laissé les
pieux à moitié déracinés sur un assez long espace.

Parmi les assiégés il n'y avait pas un homme
plus courageux et plus adroit au maniement des
armes : sa vigueur corporelle était extraordinaire ; on pouvait compter sur lui à tous égards.
C'était, du reste, la raison qui l'avait fait désigner
pour ce poste important.

Au début de la bataille son rifle avait fait activement sa partie, et n'avait assurément pas perdu ses balles en coups inutiles.

Mais, au bout d'un certain temps, ses voisins remarquèrent qu'il restait dans le silence ; ils en conclurent qu'une balle l'avait atteint, mais ils n'eurent pas le temps de vérifier, chacun ayant assez de sa besogne personnelle.

Heureusement pour lui, cette hypothèse malsaine ne s'était pas réalisée. Tout en s'évertuant à fusiller de son mieux ses adversaires, il avait saisi un bruit assez proche qui lui avait paru suspect.

Alors il avait placé son rifle en lieu sûr, et s'était couché l'oreille contre terre, ras des pieux, pour mieux entendre ce qui se passait.

On paraissait gratter ou creuser avec ardeur un tronc moisi. Bientôt quelques parcelles de bois vinrent tomber sur sa main, il acquit la certitude qu'on pratiquait un trou dans la muraille, et que ce trou était fort avancé.

Harris jugea qu'il serait prudent de communiquer cette aventure au capitaine ; en conséquence, il tâta dans l'ombre autour de lui avec le pied, et finit par rencontrer la jambe d'un voisin.

Ce dernier répondit par une ruade :

— Chut ! murmura Harris, écoutez-moi donc, j'ai quelque chose à vous dire.

— Est-ce vous, Harris ?

— Oui.

— Nous vous avons cru mort!

— Il ne s'agit pas de ça pour le moment ; approchez-vous.

— Eh bien! Qu'y a-t-il?

— Courez vite chercher l'Étranger, et dites-lui que je l'attends ici pour lui montrer un ver rongeur qui nous travaille dans le dos.

— Un ver rongeur! qu'est-ce que cela signifie?

— Allons, imbécile! il faut tout vous expliquer! vous ne comprenez pas même le plus pur anglais. Je dis qu'il y a là des Indiens occupés à pratiquer un trou dans la muraille, et qu'avant peu ils auront pénétré dans le fort. Comprenez vous, maintenant? courez et n'en parlez qu'au capitaine.

Son compagnon se mit sur le champ en quête de l'Étranger. Cette recherche dans les ténèbres ne pouvait se faire que d'une façon bizarre; le chercheur demandant à tous ceux contre lesquels il se heurtait : « Est-ce vous capitaine? »

Enfin il reçut la réponse désirée :

— Oui, c'est moi! que voulez-vous?

— Harris vous demande au plus vite dans son bastion ; il dit qu'on creuse un trou dans la muraille depuis plus d'une heure.

— Goddam! Goddam! où est-il? menez moi vite à son poste.

Tous deux rejoignirent promptement Harris

auprès duquel le capitaine s'installa après avoir renvoyé le voisin à son lieu de faction.

— Qu'avez-vous donc découvert par là ? demanda l'Inconnu.

— Écoutez un peu, et vous en saurez autant que moi, répliqua Harris.

Ils prêtèrent l'oreille et distinguèrent parfaitement le bruit produit par le creusement du trou.

— Ce sont ces vagabonds à cuir rouge qui manœuvrent ainsi, dit enfin l'Inconnu.

— Il y a longtemps que c'est mon opinion.

— Depuis quand sont-ils à l'ouvrage ?

— Une bonne heure au moins.

— Ils doivent avoir fait déjà une forte brèche.

— Essaierai-je de tâter un peu ? ils semblent s'être arrêtés.

— Faites ce que vous pourrez : mais, prenez bien garde !

Harris allongea avec précaution sa main au travers d'une gerçure : bientôt il sentit l'orifice d'un trou. Pour vérifier sa dimension, il ouvrit les doigts autant que possible et plongea son bras dans l'espace.

Il serait difficile de peindre sa surprise lorsqu'il sentit tout à coup dans sa main la mèche de cheveux d'un Indien toute empanachée de plumes.

Beaucoup de gens auraient lâché prise avec horreur : mais Harris n'était pas de cette trempe

Sa main se referma comme une serre d'acier, et
il se mit à tirer la tête à lui avec une irrésistible
vigueur.

— Que je sois fumé comme un hareng! disait-
il en même temps à voix basse, si je ne tiens
pas un de ces gredins par le toupet. Aidez-moi,
étranger, il se secoue comme un diable, çà le
rend glissant: il va m'échapper si vous ne me
donnez pas un coup de main. Du diable! si je
réussis à le faire passer par ce trou!

— Tenez ferme, l'ami! où sont donc ses
oreilles? Ah! il arrive, il arrive! répliquait l'é-
tranger en tâtonnant pour trouver prise.

La chose était plus facile à dire qu'à faire. La
brèche était assez grande pour laisser passer le
corps de l'Indien; mais, au dehors, il avait des
compagnons qui le retenaient par les jambes. De
sorte que le patient était sollicité par deux forces
contraires : les sauvages qui le tiraient désespérément à l'extérieur ; les assiégés qui le tiraient
à l'intérieur.

Cette lutte étrange dura longtemps; celui qui
en faisait l'objet offrait aux deux partis une
prise égale ; aux Peaux-Rouges, les jambes et le
caleçon en cuir solide ; aux Blancs, la tête et les
bras. Assurément, si quelqu'un des acteurs de
cette scène bizarre éprouva d'agréables émotions
ce ne fut pas lui.

Peu à peu les assiégés gagnèrent du terrain ;
leur captif décida lui-même la victoire pour eux.
Aimant mieux être pris qu'écartelé, il lança de

telles ruades à ses amis, qu'ils furent forcés de lâcher ses pieds, et l'Indien alla rouler dans l'intérieur avec les européens qui perdirent tout à coup l'équilibre.

— Oh! oh! Mister! dit Harris avec un sérieux comique, vous devez être « étiré », ce me semble. Si vous étiez bossu, voilà une opération qui a suffi pour vous redresser; vous voilà avec une fine taille pour le restant de vos jours.

Bien entendu le sauvage ne répondit rien : on le garotta solidement, et on se remit en défense. Les Indiens, furieux de voir leur stratagème déjoué, donnèrent un assaut général, où ils déployèrent toute leur rage, leur agilité, leur fantastique audace.

Un moment les assiégés se crurent perdus. Néanmoins ils parvinrent à se dégager par un effort désespéré. Alors la fusillade recommença avec une violence horrible; la lueur des coups de feu était telle que le champ de bataille était illuminé comme en plein jour.

Bientôt les Blancs faiblirent, l'espérance et le courage commencèrent par les abandonner en entendant les frénétiques hurlements des Peaux-Rouges ivres d'un triomphe anticipé.

Soudain, une décharge formidable prit les Indiens en écharpe et foudroya leurs rangs : un renfort imprévu arrivait aux assiégés. Ce fut alors une panique générale parmi les sauvages; tout effarés de cette brusque attaque, ignorant le nombre de leurs nouveaux ennemis, chargés avec rage par les assiégés dont l'ardeur se ranimait, ils se débandèrent et prirent la fuite à travers bois, sans regarder derrière eux.

C'était partie perdue pour les Peaux-Rouges.

CHAPITRE XII

SAUVÉS

— Par les cornes du diable! que faites-vous donc dans cette cabane? Ne pouvez-vous courir un peu et poursuivre ces serpents? Les voilà demi-morts de frayeur, et pas un d'entre vous ne leur donne la chasse! Tuez donc! tuez! mes amis! plus vous en abattrez, moins il en restera pour une autre fois!

Cette voix stridente, qui dominait tous les bruits de la bataille, était celle de Simpson le chasseur : chacun la reconnut. En même temps l'étranger répétait le même ordre dans l'intérieur, les portes furent ouvertes et une sortie fut faite par toute la garnison.

Cette dernière charge acheva la déroute des Indiens ; en un clin d'œil ils eurent disparu dans les bois, laissant la plaine jonchée de cadavres.

Simpson et le Mohican s'acharnèrent à les poursuivre si loin et si longtemps, qu'ils ne reparurent que le lendemain fort tard dans l'après-midi.

Assawomset paraissait ivre de triomphe orgueilleux et de vengeance satisfaite : sa ceinture ne pouvait suffire à porter ses trophées sanglants.

Mais lorsqu'il mit le pied sur le seuil de la forteresse, ses yeux étincelèrent, son visage se contracta sous une terrible expression de haine lorsqu'il aperçut le captif Ottawa garotté dans la cour ; ce dernier lui répondit par un regard empreint de la même haine farouche et implacable.

Dickons reçut le chasseur avec une chaleureuse affection, et lui fit un reproche amical d'être arrivé si tard à leur secours.

— Écoutez un peu, mon ami Dickons, répondit le chasseur tranquillement ; vous savez qu'il n'est pas dans la nature humaine de pouvoir être en deux endroits à la fois. J'avais pris soin de vous, en vous faisant avertir par le petit Robert que les Indiens étaient en campagne : bon ! — Ensuite il me fallait mettre en sûreté les gens du souterrain : bon encore ! — Enfin, voilà qu'on m'a enlevé le Mohican, il a fallu le retrouver. — Vous voyez que je n'ai pu venir plus tôt : mais, je ne vous avais pas oubliés.

Ce fut, pendant une heure environ, un interminable échange de récits, de demandes et de réponses. A la fin Simpson exprima sa curiosité au sujet de l'Inconnu :

— Quel est donc ce brave qui est venu combattre avec vous? Savez-vous son nom ? personne, m'a t-on dit, ne le connait par ici. Présentez-nous donc l'un à l'autre, que je puisse lui serrer la main.

Dickons accéda à son désir en rejoignant l'Étranger qui donnait quelques ordres dans l'intérieur de la forteresse.

Pendant ce temps, Assawonset rôdait autour de l'Ottawa, qu'il aurait bien voulu avoir à sa disposition.

Ce prisonnier paraissait être un chef important: son costume, en peau de daim finement apprêtée, avait un cachet de luxe et d'élégance bien au dessus du commun des sauvages : ses guêtres, ses moccasins étaient ornés de broderies remarquables. A sa ceinture étaient suspendues les riches coquilles du Wampum, un tomahawk à manche ciselé, et un poignard d'un travail distingué. Tout en lui avait une apparence riche et distinguée, jusqu'aux plumes d'aigle qui ornaient sa chevelure, quoique la rude étreinte de Harris les eût un peu froissées.

Ses yeux hautains lançaient de fiers regards sur tout ce qui l'entourait : lorsqu'Assawomset s'approcha de lui, un nuage sombre de dépit et de honte passa sur son visage.

Il resta silencieux comme un sphynx, ne répondant à aucune question, n'ayant même pas

10

l'air d'entendre ce qu'on lui disait. Dickons en conclut qu'il ne comprenait pas l'Anglais.

Peter et l'Inconnu arrivèrent, tout en causant, et s'approchèrent du prisonnier.

— Eh! bien! Rouge-Cuir, vous voilà pincé, il me semble? dit Simpson.

L'Indien leva les yeux : en apercevant son interlocuteur, il tressaillit :

— OEil-Sincère! dit-il.

— Ah! ah! il a retrouvé sa langue; oui, c'est mon nom, je parierais qu'il a déjà résonné plus d'une fois à votre oreille?

L'Indien secoua la tête avec mépris :

— Je ne vous crains pas! murmura-t-il dans son idiôme.

— Parlez anglais, vermine du diable! qui est ce qui saura que vous n'ayez pas peur, si vous le dites dans un baragouin incompréhensible.

Le sauvage ne répondit rien : Simpson, après l'avoir regardé fixement, lui dit en appuyant sur ses expressions d'une manière significative :

— Si cet imbécile orgueilleux et obstiné voulait desserrer les dents pour répondre à trois ou quatre questions, on le laisserait s'en aller muni de la longue chevelure qui figure si bien sur sa tête.

L'Indien se renferma dans un dédaigneux silence : Simpson lui tourna le dos et s'éloigna avec le Mohican.

Après leur départ, Mary Dickons s'approcha

du prisonnier, et, faisant éloigner la sentinelle.

— Voulez-vous parler avec moi? demanda-t-elle au prisonnier.

Celui-ci se retourna et la regarda avec surprise. Son visage se départit un instant de sa rigidité en contemplant le doux visage de la jeune fille ; mais bientôt il reprit son expression dédaigneuse et grommela en mauvais anglais :

— Qu'y a-t-il de bon pour un guerrier à causer avec une squaw? Qu'a-t-elle de bon à dire à l'Indien ?

— Voudriez vous être mis en liberté, revoir vos compagnons?

L'Indien fixa de nouveau sur la jeune fille ses yeux étonnés au fond desquels s'allumait une lueur d'espérance. Il lui répondit d'une voix basse, mais radoucie !

— Pourquoi la squaw Face Pâle parle-t-elle ainsi à l'Indien ? — pourquoi veut elle lui faire croire qu'elle est amie pour lui ? — C'est mal de dire une chose qu'on ne pense pas : L'Indien ne se laisse pas tromper.

— Et pourquoi ne vous parlerais-je pas réellement avec amitié, reprit la jeune fille dont le visage se couvrit d'une généreuse rougeur ; voudriez-vous tremper vos mains dans mon sang? Voudriez vous du mal à qui ne vous en a jamais fait?

L'Indien ne put saisir entièrement tout ce que lui disait Mary, mais il comprit sa pensée.

— Ce n'est pas comme le dit la squaw, répliquat-il sèchement : il ne faut pas parler d'amitié avec moi, la squaw n'a jamais rien fait pour moi. Celui qui n'a rien fait pour le guerrier est un ennemi. — Un guerrier du Grand Philippe ne sera jamais ami avec lès Faces-Pâles : sans faire aucune distinction, il tuera, scalpera, brûlera tout... squaw, enfant, vieillard, tout ! — à présent laissez l'Indien tranquille !

Il garda pendant quelques moments un silence farouche : puis, sans laisser à Mary le temps de répondre, il reprit d'une voix dédaigneuse :

— A quoi pense un guerrier, de parler avec une squaw ! Est-elle digne d'entrer en conseil avec un chef ? La squaw n'est bonne que pour le travail. Aile-d'Aigle ne lui dira pas ses pensées ; — un Indien ne s'abaisse pas ainsi.

— Je sais bien, répliqua doucement la jeune fille, que votre nation considère comme rien une femme,... une squaw ! N'importe, vos rudes paroles ne me détourneront pas de mon projet. Les gens de ma race ont été souvent cruels envers les vôtres, je désire réparer leurs torts autant qu'il est en mon pouvoir. Si vous voulez fuir, je vous aiderai dans votre évasion.

La poitrine de l'Ottawa se gonfla, une expression singulière se peignit sur son visage. Il se mit à murmurer dans sa langue natale, sans songer que Mary ne le comprenait pas.

— Aile-d'Aigle maintenant aime la fleur des Faces-Pâles. Son sourire est radieux, son cœur est bon. Mais lorsqu'elle aura rendu à son peuple

le guerrier captif, que fera-t-il pour elle? Aile-
d'Aigle n'oublie jamais un bienfait. Une voix lui
enseigne ce qu'il doit faire : il obéira à cette voix.
La fille des Faces-Pâles peut maintenant marcher
tranquille, pour elle il n'y aura pas de couteau
ni de tomahawk ; pour elle il n'y aura plus d'Indiens peints en guerre ; qu'elle dorme en paix,
elle a souri à Aile-d'Aigle alors que le grand Manitou cachait sa face. Le visage de la jeune fille
est dans le cœur du guerrier. Bon !

Il s'arrêta en s'apercevant que ses paroles
étaient inintelligibles pour Mary, et lui dit en
mauvais anglais :

— L'Indien est ami de la Face-Pâle. — Aucun
guerrier ne viendra plus sur ce chemin. Elle est
sauvée, — Aile-d'Aigle l'a dit : — il ne ment
jamais. Le chef va lui dire quelque chose, qu'elle
prête l'oreille.

— Qu'est-ce que c'est ? demanda-t-elle.

— Que la jeune fille reste dans la maison jusqu'au retour d'Aile-d'Aigle. Il ne fera pas bon
aller dans le bois ; — l'indien y sera ; on ne le
verra pas, mais il y sera. La jeune fille restera
dans le wigwam pendant une lune ; ensuite elle
ira dans la forêt, aussi loin qu'elle voudra ;
plus d'Indiens, plus de combats ; tout sera en
paix.

— Je vous crois, et je me souviendrai de vos
avis. Me voici prête à vous mettre en liberté.

Pendant que la charmante enfant organisait
ainsi son bienfaisant complot, Simpson à la tête

10.

d'un peloton d'hommes choisis, alla faire une reconnaissance dans le village. Robert, avec deux fils Hendrick se rendit au souterrain : leur frère John trouva un prétexte pour rester au fort.

Sans dégarnir entièrement la Block-House de sa garnison, les colons songeaient à réorganiser leurs habitations. On tint conseil et on décida que, dans quelques jours, chaque famille rentrerait dans ses foyers, mais se tiendrait toujours prête à rentrer au fort dès la moindre alarme. Peter et Assa s'offrirent naturellement à remplir les fonctions d'éclaireurs et à battre les bois environnants pour reconnaître l'approche des Indiens.

Tout étant ainsi arrangé, la petite garnison, qui avait un énorme besoin de repos, se livra aux douceurs du sommeil.

Aucun bruit extérieur ne se faisait entendre : à l'extérieur résonnait seul le pas cadencé des sentinelles : Mary, passant légèrement entre les dormeurs, s'empressa de revenir auprès de son protégé.

L'Indien l'attendait ; lorsqu'elle posa sa petite main sur son épaule, il lui dit sans se retourner :

— Je savais que la squaw venait.

— Chut ! pas de bruit ou bien nous sommes découverts.

Elle coupa lestement les cordes, et l'Indien se leva libre. La brèche qu'il avait faite la veille était encore ouverte, elle l'y conduisit en l'engageant à s'évader par là.

— Maintenant, ajouta-t-elle, tirez-vous d'affaire tout seul : Je ne peux rien de plus pour vous. Je souhaite que vous parveniez à vous échapper sain et sauf : prenez garde, Œil-Sincère et le Mohican sont dans les environs.

L'Ottawa murmura quelques remerciements indistincts, glissa au travers du trou comme une couleuvre, et disparut dans les profondeurs de la forêt.

Mary, joyeuse d'avoir si bien réussi sans être aperçue, rentra à la hâte dans le bâtiment et courut rejoindre ses compagnes.

La journée suivante apparut claire, joyeuse, souriante, moins joyeuse toutefois que les assiégés devenus libres et tranquilles.

Quel contraste avec les sombres heures de la veille ! Avec quelle émotion douce et fière chaque famille se retrouvait, se comptait ; avec quelle sollicitude les mères s'informaient de leurs fils ; les épouses, de leurs maris ; les sœurs de leurs frères ! Et quelles franches joies quand on s'était embrassé et rassuré mutuellement !

Aux derniers plans de ce riant tableau surgissaient bien quelques arrière-pensées, quelques appréhensions au sujet des ennemis qui pouvaient reparaître encore ; mais cette perspective lointaine s'effaçait devant l'allégresse du moment.

— Eh ! bien, bonnes gens, comment allez-vous

ce matin? s'écria Simpson en revenant du village avec son inséparable compagnon.

— Ma foi ! mieux que jamais ! et vous? répondit l'inconnu, au nom de la communauté.

— Parfaitement, quoique un peu raide. Voyez-vous, monsieur Sans-Nom, je ne suis plus aussi jeune que je l'ai été ; cependant, je me contente de ce qui me reste, et je ne demande qu'une chose, c'est de conserver mes yeux pour pouvoir guetter ces damnés Peaux-Rouges.

— Pensez-vous, Simpson, qu'il y ait encore danger d'une nouvelle attaque, demanda Dickons.

— Pour le moment, je ne crois pas : mais, avec le Mohican, je vais donner un coup d'œil dans les environs, à notre retour nous pourrons vous renseigner.

Cependant, fidèle à son instinct de haine, Assawomset songea à se régaler de la vue du prisonnier. Mais son désappointement fut extrême en s'apercevant que la place était vide, ou plutôt n'était remplie que par les fragments de la corde qui avait garotté le captif.

Après avoir fouillé toute l'enceinte d'un long regard pour bien se convaincre que sa proie lui avait échappé, il tourna sur ses talons avec un grognement de fureur et alla rejoindre Simpson.

— Que, diable ! y a-t-il donc encore? demanda ce dernier en remarquant l'air agité du Mohican.

— Où est le guerrier Ottawa?

— Comment? n'est-il pas ici?

— Non — parti!

— Vous n'avez pas bien regardé, Mohican! fit Peter avec une émotion qu'il ne pût dissimuler.

— J'ai bien vu, Œil-Sincère; la corde y est, mais l'Indien a fui par le trou.

— Tonnerre! Assa! Êtes-vous sûr?

Le Mohican fit un signe affirmatif.

Simpson lança un regard furibond autour de lui : ses yeux rencontrèrent l'étranger.

— Eh! vous! lui cria-t-il, où donc est votre Indien d'hier soir?

— Je n'en sais rien; je ne l'ai pas vu ce matin, répondit l'autre d'un ton bref.

— Oh! vous n'avez pas besoin de parler si sec! fit le chasseur mécontent.

Ce qui rendait l'inconnu si laconique c'était la connaissance fortuite qu'il avait de la généreuse imprudence commise par Mary Dickons.

La jeune fille croyait n'avoir été aperçue par personne. Mais l'étranger avoir surpris de loin son premier entretien avec le captif, et, plein de déférence pour l'aimable enfant, il l'avait laissée agir sans obstacle; peut être même s'était-il un peu rendu son complice en éloignant les sentinelles.

Quant à Simpson, il était inconsolable; au bout d'une minute il avait instruit toute la garnison de la fuite du prisonnier. Chacun devisa snr cette disparition étrange ; mais plus on en parla, moins on éclaircit le mystère.

Ce qu'il y avait de certain c'est que l'Indien s'était évadé. Simpson et le Mohican se mirent à à sa poursuite avec une fébrile ardeur et le poursuivirent fort loin dans les bois : mais il avait sur eux une avance trop considérable ; ils revinrent le soir, furieux, harassés, n'ayant trouvé aucune piste.

Néanmoins cette dernière battue dans les bois eût cela de bon qu'elle démontra la complète absence des Indiens. Cette rassurante certitude ranima les esprits ; et, le lendemain, tout le village était repeuplé ; chacun avait regagné son logis ; la joie et la tranquillité régnaient au village.

CHAPITRE XIII

NOUVEAU DÉSASTRE

Mary Dickons était levée de grand matin pour procéder aux arrangements du ménage. En sortant elle remarqua l'inconnu assis sur les fondations d'une maison en construction, la tête dans ses mains, sa longue carabine — sa seule amie — reposant sur ses bras.

Un sentiment de pitié toucha la jeune fille : en même temps elle se souvint qu'il lui avait promis de raconter son histoire ; elle s'approcha de lui, mue par un double sentiment d'intérêt et de curiosité.

Comme elle était en train de se demander par quel moyen elle engagerait la conversation, il l'aperçut :

— Miss Dickons, lui dit-il.

Elle s'arrêta, baissa les yeux et répondit par ce seul monosyllabe :

— Sir.

— Je crois me rappeler que, l'autre nuit, dans un moment d'exaltation, je vous avais promis de vous faire connaître ma personne et mon histoire.

— Oui, sir.

— Seriez-vous disposée à m'entendre aujourd'hui ?

— Non, si ce récit doit vous peiner.

— Miss, je pense que c'est un devoir pour moi de vous faire cette confidence, et je n'éprouve aucune répugnance à parler, car je ne ferai que mettre au jour des pensées qui me préoccupent constamment. Je ne serais pas bien aise de penser que vous avez une mavaise opinion de moi, et que, à vos yeux, je suis un coupable qui se cache pour fuir un châtiment mérité. Oui, je vous parlerai avant de vous quitter.

— Votre résolution est donc prise ; vous allez partir ?

— Oui, c'est décidé.

— Et rien ne pourrait vous retenir ?

— Rien, si ce n'est un nouveau danger, comme celui que nous venons de traverser.

— Je suis bien désolée de vous voir ainsi déterminé ; mais au moins accordez-moi de venir partager notre modeste déjeuner, ensuite je vous accompagnerai jusqu'au bout de la clairière.

— Je vous remercie, j'accepte ; ensuite je parlerai ; à une condition cependant, c'est que vous

me garderez un religieux secret ; un seul mot
mettrait ma vie en danger.

Elle lui renouvela sa promesse, et tous deux
rentrèrent dans la maison. Le déjeûner fut bientôt terminé, la conversation peu animée, car chacun était préoccupé de ses pensées.

Pendant que son père et l'inconnu fumaient la
la pipe d'adieu, Mary se hâta de tout ranger dans
son ménage, puis, annonçant qu'elle reviendrait
bientôt, elle sortit sans bruit.

Au bout de quelques instants, l'inconnu se leva
à son tour, serra cordialement les mains à Dickons et se mit en route.

Mary l'attendait sur la lisière du bois bordant
la clairière, il l'eût bientôt rejointe. Après avoir
fait avec elle quelques pas en silence, il commença son récit sans préambule.

— Miss Dickons, je ne vous dirai rien de mon
enfance ; ces détails n'auraient aucun intérêt pour
vous. J'arrive de suite aux événements qui ont
brisé mon existence. Connaissez-vous l'histoire
d'Angleterre ?

— J'en sais les principaux événements.

— Vous avez entendu parler du meurtre de
Charles Stuart et de ce puritain usurpateur, Oli-
vier Cromwell ?

— Oui, sir.

— Que pensez-vous de Cromwel et de ses actions ?

— C'est là une question trop difficile pour une
simple fille des bois, répondit-elle ingénûment.

11

Il sourit doucement, leva son chapeau et livra au vent ses longs cheveux gris.

— J'ai suivi, continua-t-il, la fortune de ce Cromwell ; j'avais obtenu le grade de major-général dans son armée. Des raisons graves m'avaient poussé à cette détermination politique : le district où vivait ma famille, sous le règne de Charles, était opprimé, pressuré, annihilé, au point que les habitants n'étaient plus des hommes, mais des choses, où, si vous aimez mieux, des esclaves collés à la terre sur laquelle les écrasait le pied du maître. Ce Charles avait autour de lui une armée de courtisans orgueilleux, égoïstes, féroces ; les sangsues, les vampires du pauvre peuple ! Et quand l'homme du peuple se plaignait, hasardait un murmure, on l'attachait au pilori, on lui coupait une oreille, on l'envoyait au-delà de la mer, dans des régions d'où personne ne revient. Un jour, jeune fille, ce peuple écrasé se releva, Cromwell en tête ; la secousse fut terrible et renversa le roi. Cette majesté, naguère si haute, si majestueuse, si inabordable, fut renversée, traînée hors de son palais, emprisonnée et jugée... jugée par ses humbles sujets,... et condamnée à la peine de mort !... qu'elle subit sur l'échafaud !... — Miss Dickons, J'ÉTAIS UN DE SES JUGES !!

— Vous ! s'écria la jeune fille avec un tressaillement d'horreur.

— Oui ! moi !

— Ainsi donc, vous êtes ?...

Il fixa sur elle ses yeux d'oiseau de proie, clairs,

durs, audacieux, redressa sa haute taille, et ajouta d'une voix orgueilleuse quoique tremblante :

— Je suis William Goffe, *le Régicide !*

La troupe hurlante des sauvages aurait tout-à-coup surgi devant Mary qu'elle n'aurait pas été plus consternée. Elle fit précipitamment quelques pas pour s'éloigner de lui:

— Miss Dickons ! murmura le malheureux, vous ne trouverez donc pas une bonne parole, un « que Dieu vous pardonne ! » pour ce vieillard qui n'a jamais serré une main amie, depuis qu'il traîne sur la terre étrangère la marque sanglante qu'il a au front.

La jeune fille se mit à pleurer : William étendait vers elle les fortes mains bronzées qu'il venait de consacrer à sa défense ; il attendait, suppliant, un mot consolateur, une prière qui montât pour lui vers le ciel.

— Que Dieu vous ait en sa miséricorde, sir ! dit-elle en élevant les yeux vers les régions célestes ; je prierai pour vous, je demanderai grâce à Celui-là seul qui peut faire grâce. Adieu, sir.

— Adieu ! Ange consolateur ! Soyez bénie pour vos douces paroles ! murmura le vieillard en regardant Mary qui s'éloignait à pas précipités.

Au bout de quelques instants, il la perdit de vue derrière les feuillages. Alors, secouant sa tête appesantie par le remords plus que par l'âge,

Goffe s'enveloppa tristement dans son grand manteau et reprit le chemin des régions solitaires.

Mary, toute bouleversée de la confidence terrible qu'elle venait de recevoir, marcha pendant quelque temps sans regarder devant elle. Cette course à l'aventure la conduisit jusqu'à l'extrémité de la clairière la plus éloignée du village.

Là, elle se trouva arrêtée par un petit ruisseau sur les bords duquel elle était déjà venue souvent jouer dans son enfance: la chaleur était accablante; pour se remettre de ses émotions et de la fatigue qu'elle commençait à éprouver, la jeune fille s'assit sur le bord de l'eau afin d'y plonger ses mains et de cueillir les fleurs sauvages répandues à profusion le long des rives.

Mais, au moment où elle se penchait sur le miroir liquide, une vision effrayante lui arracha des cris de terreur.

L'image terrible et hideuse d'un sauvage peint en guerre se reflétait dans l'eau. En levant les yeux, elle aperçut en effet devant elle un guerrier Indien, et, quelques pas plus loin, un groupe de six autres Peaux-Rouges.

— Oh! mon Dieu! je suis perdue s'écria-t-elle.

Et des larmes brûlantes jaillirent de ses yeux au souvenir du cher toit paternel où elle venait à peine d'être réintégrée.

L'Indien s'approcha d'elle, et lui dit en bon

anglais, la main posée sur son couteau d'une manière terriblement significative :

— La fille Face-Pâle ne doit pas faire de bruit : si elle crie, le couteau du guerrier la fera taire. Elle ne sera pas maltraitée si elle veut suivre l'Indien.

— J'obéirai, puisque j'y suis forcée ; répondit-elle avec une certaine fermeté.

La courageuse enfant s'efforçait de paraître brave : elle avait entendu dire qu'aux yeux des sauvages la lâcheté passait pour un vice méprisable et qu'ils maltraitaient les poltrons.

— Bon !... marchez ! répliqua impérieusement le sauvage.

Et il se dirigea d'un pas rapide vers la portion de forêt la plus impénétrable. Tous ses compagnons le suivirent avec précaution, ne laissant derrière eux aucune trace, et marchant sur une seule file de manière à glisser sans aucun bruit entre les branches.

Bientôt le chef fit un signe : les six autres Indiens continuèrent leur route silencieuse, le laissant seul avec sa prisonnière. Sans s'arrêter il s'engagea dans un sentier assez bien tracé, et, ordonnant à Mary de le suivre, il reprit son allure précipitée.

La jeune fille marcha bravement pendant près d'une heure ; mais, à la fin, ses forces trahirent sa résolution, elle ne tarda pas à chanceler sur ses pieds meurtris, elle resta forcément en arrière.

L'Indien s'apercevant de sa fatigue, fit halte un

instant et poussa un cri en forme de signal : un
autre Indien parut tout-à-coup sortir de terre
comme par enchantement. Le chef lui dit quelques mots à voix basse ; alors tous deux se placèrent aux côtés de la captive, la soulevèrent sur
leurs bras et se remirent en route.

La nuit était déjà avancée lorsque les deux Indiens s'arrêtèrent pour se reposer. Ils offrirent de
la nourriture et une couverture en laine à Mary :
elle accepta sans mot dire et s'endormit immédiatement, car elle était épuisée de fatigue.

Les ravisseurs de la jeune fille étaient encore
des Ottawas ; mais comme ils n'étaient pas du
nombre de ceux qu'Assawomset et Œil-Sincère
avaient combattus, ils ne portaient aucune trace
de combat ni de la panique qui avait saisi
leurs compagnons : aussi leur allure était plus
prompte, leurs soins plus grands pour dissimuler leurs pistes. Cette dernière précaution était
poussée à tel point que, pendant le sommeil de
Mary, l'un d'eux retourna en arrière, presque
au point de départ, effaçant les moindres vestiges
laissés sur le sentier, replaçant dans leur position
naturelle les branches, les feuillages, et jusqu'aux
brins d'herbes ; enfin, non content de ces soins
minutieux, pour le cas où leur trace serait découverte et suivie jusqu'au lieu où avait reposé
leur prisonnière, l'Indien marcha en tous sens
dans le bois, piétinant de façon à figurer sur le
sol les empreintes d'une bande nombreuse. Son
but était d'effrayer ceux qui les poursuivraient,

en leur faisant croire que les Indiens étaient en nombre formidable.

Dès qu'il fit jour, le chef éveilla Mary et recommença la marche. Cette journée encore fut cruelle : on lui laissa à peine le temps de se reposer ; vers le soir, elle se trouva si épuisée de fatigue que ses deux ravisseurs furent de nouveau obligés de la porter.

Au milieu de ses fatigues et de ses angoisses, la jeune fille né put remarquer qu'une chose, c'est qu'au lieu de faire route en ligne droite, les Indiens cheminaient en zig-zag, de l'est à l'ouest ; tantôt franchissant une montagne, tantôt s'enfonçant dans une vallée ténébreuse et humide. Mais elle ne put se rendre compte du motif qui les poussait à cette marche étrange ; peu à peu ses forces la trahirent et son courage l'abandonna au point qu'elle ne pouvait retenir des cris de douleur lorsque ses pieds meurtris se heurtaient contre quelque obstacle du chemin.

Cette course forcée dura quatre mortelles journées : dans l'après-midi de la cinquième, on arriva sur le bord d'une petite rivière. Le chef dénicha dans les broussailles du rivage un léger canot sur lequel tout le monde s'embarqua. La jeune captive, heureuse de ce moment de répit, espérait que le voyage se terminerait par eau. Son attente fut trompée ; après avoir parcouru un espace d'environ cinq milles, on débarqua et il fallut marcher encore jusqu'à la nuit.

La lune venait de se lever lorsque les voyageurs arrivèrent sur la lisière d'un bois, au travers de laquelle on apercevait une clairière assez étendue.

La petite troupe fit halte, son guide fit entendre un signal auquel répondirent plusieurs cris semblables : quelques minutes plus tard Mary entrait dans un grand village Indien. On la conduisit dans un wigwam plus grand et plus confortable que les autres ; puis on l'y enferma après l'avoir prévenu que ce serait là sa demeure, et que toute tentative de fuite lui serait non-seulement inutile mais funeste.

Son seul désir, pour le moment, était de se reposer, car elle se sentait à bout de forces. Elle se laissa tomber sur une natte de joncs et s'endormit si profondément qu'elle ne se réveilla que le lendemain dans l'après-midi. Sa grande lassitude était dissipée, mais ses pieds endoloris conservaient encore une sensibilité tellement douloureuse qu'elle ne pût rester debout. Elle s'assit donc tristement sur le seuil de sa tente, et d'amères pensées roulaient dans son âme lorsqu'un pas léger qui retentit près d'elle attira son attention.

Au même instant, elle aperçut une jeune Indienne : les deux femmes tressaillllirent en se voyant.

— Weetamoo ! fit Mary ; est-ce bien vous ?

— Oui, moi ! mais pas faire de bruit — les Indiens sauraient que nous sommes amies.

— Comment vous trouvez vous ici ?

— Les Indiens ont arraché Weetamoo à son guerrier.

— Assawomset connait le lieu de votre captivité ?

— Oui — il viendra — il reprendra Weetamoo.

— Je l'espère : il me délivrera aussi. Quelle est donc la cause de votre enlèvement ?

— La guerre entre les Ottawas et les Faces-Pâles.

— Je ne comprends pas.

— Ni moi non plus ! répliqua l'Indienne avec colère ; c'est pourtant ainsi. Mais moi ! je suis toute pour Assawomset — toute pour le Mohican. J'aime les Faces-Pâles comme mon Guerrier — je hais les Ottawas ! si je pouvais, je les scalperais tous.

— Votre tribu connait-elle vos sentiments contre elle ?

— Les Ottawas ne sont plus mon peuple !... je n'ai pas d'autre peuplade que mon Guerrier, pas d'autre wigwam que le sien ! Je hais Philippe ! — je hais ses Indiens ! — Ils sont tous menteurs et méchants.

La pauvre Mary se sentit bien soulagée : elle n'aurait pû désirer une auxiliaire plus ardente et plus dévouée. Aussi, à peine la conversation eût elle duré quelques minutes qu'elle porta naturellement sur les plans d'évasion.

CHAPITRE XIV

UNE MÉTAMORPHOSE

Lorsque Mary Dickons quitta le village en compagnie de l'inconnu, Œil-Sincère l'aperçut, mais, sur le moment n'attacha aucune importance à cette promenade de la jeune fille.

Au bout d'un certain nombre d'heures, il éprouva une certaine inquiétude de ne pas la voir revenir, et plusieurs fois il alla jusqu'au bout de la grande rue du village, sur une éminence d'où on pouvait apercevoir toute l'étendue de la clairière.

Au retour d'une de ces courses il rencontra Assawomset, l'emmena avec lui pour vérifier les traces laissées par Mary.

— Je suis en peine de cette fille, Mohican; elle est allée trop loin. Essayez donc de faire une promenade dans les environs pour savoir un peu par où elle a passé : si vous trouvez quelque chose de suspect vous reviendrez m'avertir.

Le Mohican partit sans dire un mot : Simpson se dirigea vers le cottage de Dickons.

— Comment allez vous, Squire? lui cria-t-il joyeusement du seuil de la porte.

— Charmé de vous voir, Peter ; entrez, asseyez vous ; répliqua Dickons.

— Je le veux bien pour une minute ou deux : mais, dites-moi donc où, diable! a passé votre fille ?

— Elle est sortie après le déjeûner en disant qu'elle reviendrait bientôt. Je suppose qu'elle se sera promenée de maison en maison et que quelque voisine l'aura retenue plus longtemps qu'elle ne pensait.

— Eh bien ! moi je vous dis que ce n'est point comme vous le croyez ; je l'ai vu sortir de la clairière, et, depuis, âme qui vive ne l'a revue.

— Vous faites erreur, sans doute, Simpson, répliqua Dickons d'un air inquiet.

— Tant mieux si je me trompe, mon ami; en tout cas, nous saurons bientôt à quoi nous en tenir, j'ai envoyé Assa sur ses traces.

— Allons voir nous-mêmes, fit Dickons en se levant avec agitation ; vos paroles me bouleversent.

Sur ce propos, les deux amis quittèrent la maison: en route Simpson poursuivit ses réflexions:

— Ce n'est pas le moment pour les femmes de courir ainsi loin de la maison, surtout avant

qu'Assawomset et moi ayons donné notre coup-
d'œil dans les bois.

Dickons agita la tête en signe d'affirmation et
redoubla le pas.

Lorsqu'ils furent en vue de la plaine ils aperçurent l'Indien en pleine chasse, bondissant, courant de çà, de là, avec l'ardeur d'un limier qui
suit une piste.

A l'approche des deux nouveaux arrivants, le
Mohican ouvrit la bouche pour parler à Simpson;
mais en voyant Dickons il se retint.

— Qu'est-ce qu'il y a ? demanda le chasseur;
nous ne sommes pas des enfants pour courir et
sauter ainsi sans motif.

— Elle est partie.

— Ah ! tonnerre ! qu'est-elle devenue ?

— L'Indien Philippe l'a enlevée.

Simpson fit une grimace de mauvais augure,
et demanda au Mohican des détails sur les re-
marques qu'il avait faites.

L'Indien lui répondit dans sa langue natale,
de façon à ce que Dickons ne pût entendre leur
conversation.

Le pauvre homme, du reste, n'avait compris
qu'une chose et n'écoutait plus rien ; sa fille était
perdue ! sa seule enfant ! son trésor unique ! Il la
voyait outragée, maltraitée, torturée par les
Peaux-Rouges !... Le désespoir le gagna ; il se ca-
cha la tête dans les mains et éclata en sanglots.

— Bon! dit le chasseur d'un ton de compassion
dédaigneuse, voilà que les Indiens pourront en-

tendre pleurnicher un homme; qui l'aurait
cru?

— Allons, ami, continua-t-il, ce n'est pas avec
des ruisseaux de larmes que vous retrouverez
votre enfant; du nerf! mon homme, du nerf, et
de la promptitude! voilà ce qu'il nous faut pour
le moment.

Quoique un peu effarouché par les consola-
tions médiocrement sentimentales du chasseur,
Dickons comprit que ce dernier avait raison, prit
son courage à deux mains et revint au village
pour y demander du secours.

En un clin d'œil toute la petite colonie fut sur
pied, bourdonnant, glapissant, se heurtant, émet-
tant cent avis contradictoires, s'agitant sur place,
mais sans rien décider ni rien faire.

Simpson et le Mohican regardaient avec une
supériorité dédaigneuse tout ce tumulte ridi-
cule; à la fin, le chasseur impatienté s'écria:

— Mes braves gens! vous dépensez depuis une
heure plus de paroles qu'il n'en faudrait pour
instruire un demi - cent d'oiseaux moqueurs;
tout ça ne nous fait pas retrouver la jeune fille.
Vous ne réussirez à rien de bon si je ne vous
viens pas en aide : écoutez-moi donc, et obéissez-
moi. En premier lieu il me faut une douzaine
de volontaires, et des meilleurs.

Tous les hommes du village s'offrirent à l'envi
les uns des autres; Harris et John Hendrick
furent des premiers. Le chasseur fit son choix,
leur recommanda de s'équiper le plus promp-

tement possible, et prépara tout ce qui le concernait pour l'entrée immédiate en campagne.

— Vous serez notre guide, Assa, dit Simpson en se mettant en route ; car c'est vous qui avez reconnu les premières traces. Nous allons voir ensemble comment il faudra conduire la besogne. Il est impossible que ces vermines n'aient pas laissé une piste, quand ce ne serait que celle de la jeune fille... Ah ! gare aux Peaux-Rouges ! çà va chauffer !

Arrivée au bord du ruisseau la petite troupe fit halte, et, sur la recommandation de Simpson, resta immobile pour ne pas piétiner sur les traces qu'on avait à observer.

Le chasseur, le Mohican et Robert se mirent à l'œuvre.

— Oh ! oh! fit le chasseur, voilà l'endroit où la jeune fille s'est baissée pour boire ou puiser de l'eau, elle s'est appuyée sur les mains et les genoux. C'est là aussi qu'elle a été surprise par ces serpents. Voyez-vous, elle a reculé précipitamment, çà se voit à l'empreinte de ses talons.

— Croyez-vous qu'elle ait lutté pour se défendre, demanda Robert.

— Belle question, ma foi ! que, diable! voulez-vous qu'elle fît contre ces gredins là ?... Voilà la place où les Indiens l'ont abordée.

— En quel nombre étaient-ils? pouvez-vous savoir ?

— Je ne sais pas : c'est un point que je n'ai pas vérifié. Le Mohican va nous le dire. Eh bien ! Assa, qu'avez-vous donc ? on dirait que vous avez été piqué par un serpent.

L'Indien répondit dans sa langue natale :

— Les guerriers qui ont enlevé la jeune fille, sont les mêmes qui avaient capturé ma squaw ; tous les mêmes, excepté un.

— A quoi reconnaissez-vous ça ? demanda le chasseur.

— J'avais soigneusement remarqué leurs empreintes ; aujourd'hui, ce sont les mêmes.

On continua la poursuite avec ardeur ; mais ce n'était pas chose facile. Les ravisseurs avaient dissimulé leur piste avec une habileté qui, plusieurs fois, faillit mettre en défaut la merveilleuse perspicacité de Simpson et du Mohican.

Feuille à feuille, pas à pas, d'arbre à arbre, les deux amis reconstituaient la trace effacée et arrivaient toujours à la bonne voie. Les Settlers qui les suivaient timidement en étaient émerveillés : une telle clairvoyance dépassait les limites de leur imagination.

Cependant, au milieu de toutes ces difficultés, on ne pouvait aller vite ; il fallut s'arrêter à la nuit sans avoir gagné beaucoup de terrain : on soupa frugalement et on bivouaqua dans l'inquiétude et la préoccupation.

Le lendemain on arriva d'assez bonne heure à l'endroit où les Indiens avaient campé pour faire reposer la jeune fille; Simpson se mit à sourire en remarquant la multiplicité des traces.

— Il faut convenir, dit-il, que ces imbéciles se sont donné bien du mal pour peu de chose ! Ont-ils piétiné par là, afin de nous faire croire qu'ils étaient en force !

— Mais ils peuvent bien avoir rallié ici le gros de leur armée ; observa naïvement Robert.

— Innocent ! va ! continua le chasseur en lui lançant un regard par desus l'épaule ; comme si une *vraie troupe* eût pataugé de la sorte.

Robert, ne trouvant rien à répondre continua de marcher.

Au bout de quelques instants, on tomba sur une bifurcation de pistes : là, il y eût presque défaut. On suivit longtemps une mauvaise trace qui finit par disparaître tout-à-fait au milieu du bois, en se confondant avec celles du campement de la veille.

Simpson revint furieux sur ses pas, et se remit en quête. Au bout d'un quart d'heure, il s'essuya le front et s'assit sur un tronc d'arbre.

— Nous y voilà ! dit-il avec jubilation.

— Comment ? demanda Robert.

— Eh bien ! sur la piste !

— Je ne vois pas...

— Oui, oui ! vous ne voyez pas souvent, mon petit, mais il n'en est pas moins vrai que je suis sur la piste.

— Expliquez-moi donc votre secret.

— Volontiers, dit le chasseur en se levant : vous apercevez cet arbre ?

— Oui...

— Eh bien! les Peaux-Rouges l'ont fait voyager avec eux.

Robert ouvrit de grands yeux.

— Oui, mon garçon : vous ne remarquez pas que là... là, devant votre pied gauche... il y a une empreinte arrondie et humide encore.

— En effet, je l'aperçois maintenant.

— Comprenez-moi ; ceci indique que cet arbre a éprouvé un balancement, comme çà.

A ces mots le chasseur poussa le tronc d'arbre et lui imprima un mouvement d'oscillation.

— Eh bien! continua Simpson, les sauvages ont marché sur ce vieil arbre et l'ont fait bouger par la force de leur élan, sans y prendre garde ; de celui-là ils ont bondi sur celui-ci ; de celui-ci sur cet autre ; et nous voilà sur la vraie piste qui nous mènera, je pense, jusqu'au bord d'un ruisseau qui doit couler à proximité.

Ce disant le chasseur avait sauté d'arbre en arbre, et en effet était arrivé à une piste parfaitement visible qu'on suivit jusqu'au bord du ruisseau.

Mais là, la difficulté devint sérieuse : les Indiens avaient-ils suivi ou remonté le courant ?

Aucun vestige n'apparaissait.

— Me voilà dérouté pour la première fois de ma vie, murmura Simpson en se grattant le front.

— Il nous faut explorer les deux rives en amont
et en aval, jusqu'à ce que nous ayons trouvé,
suggéra Robert.

— C'est une idée que je ne trouve pas mauvaise, répliqua Peter en s'asseyant d'un air ré-
fléchi ; mais je n'en ferai pas usage.

— Et pourquoi ?

— Écoutez, jeune novice, je ne suis pas comme
vous autres; je commence toute chose par son
commencement ; lorsque ma tête peut remplacer
mes jambes, je la fais fonctionner en premier
lieu.

— Je...

— Attention ! ne m'interrompez pas : vous serez
sans doute de mon avis quand je vous dirai que
les Indiens ont remonté ou descendu le courant
de ce ruisseau ? c'est l'un ou l'autre, n'est-ce pas?

— Parfaitement !

— En canot, il est plus facile de suivre le fil
de l'eau que de lutter contre lui.

— Exactement vrai !

— Nous sommes d'accord sur la base de mon
raisonnement : le reste va tout seul, maintenant.
Les sauvages, s'ils ont pris une barque, ont dû
descendre le ruisseau ; autrement, ils auraient
eu plus de facilité à suivre le bord par voie de
terre dans le cas où leur direction eût été contraire. Donc, nous allons cheminer avec le courant, et nous trouverons près d'ici une bonne
piste : c'est moi qui vous le dis.

Chacun fut de l'avis du chasseur ; d'après ses

instructions, la petite troupe se divisa en deux portions, une sur la rive droite, l'autre sur la rive gauche, et on se remit en quête avec une nouvelle ardeur.

L'évènement ne tarda pas à justifier les prévisions d'Œil-Sincère : lorsqu'on eut fait quelques milles, on revit les traces toutes fraîches et si apparentes que le chasseur fit suspendre la marche :

— Halte ! mes enfants, dit-il avec précipitation ; nous sommes près du gîte ou de la tanière comme vous voudrez ; le gibier n'est pas loin, attention ! il faut se cacher au plus épais du bois, et attendre notre retour : Assa et moi nous allons explorer la contrée.

Sur ce propos, le chasseur se mit en campagne ; l'excursion lui paraissait si délicate et si périlleuse qu'il ne voulut même pas se laisser accompagner par le Mohican.

Au lieu de suivre la piste, il plongea dans le plus épais du bois, cherchant à faire un circuit pour embrasser dans ses observations l'ensemble de la localité où il soupçonnait l'existence du village indien.

Après avoir rampé avec des précautions infinies pendant près d'un quart d'heure, il se blottit dans un impénétrable buisson, se dressa sur ses pieds et promena rapidement ses regards autour de lui.

— Diable ! il était temps de m'arrêter ! grommela-t-il.

En effet, il apercevait à une cinquantaine de pas devant lui un Indien assis sur un tronc d'ardre renversé.

Une idée lumineuse et bizarre vint au chasseur : celle de s'emparer du vêtement du sauvage et s'en affubler; ensuite il visiterait le village au gré de ses désirs.

Se glisser comme un serpent dans la cavité d'un vieil arbre, s'y installer, le fusil aux pieds, le couteau dans la main, fût pour lui l'affaire de quelques secondes.

Après s'être assuré de la liberté de tous ses mouvements et avoir bien étudié son terrain, il regarda de nouveau sa proie.

Elle était paisiblement au repos, sans la moindre méfiance.

Alors s'éleva dans une partie lointaine de la forêt, un cri d'appel qui fut immédiatement suivi d'une réponse paraissant encore plus éloignée.

L'Indien bondit et se mit à courir dans la direction de la voix.

— Fameux ! se dit Simpson, le voilà qui m'arrive dans les bras, sans se douter qu'il obéit à mes « pouvoirs. »

Et le chasseur se sourit à lui-même, de ce sourire silencieux qui était l'ombre d'un sourire.

En effet le sauvage vint passer si près de l'arbre creux, qu'il le frôla de ses vêtements. Il s'arrêta court en apercevant l'empreinte des pieds de Simpson, et se retourna instinctivement vers son ennemi.

Mais il n'était plus temps : à la seconde même où ses yeux se croisaient avec ceux du chasseur le couteau de ce dernier s'enfonçait jusqu'à la garde dans sa poitrine.

L'Indien tomba sans pousser un soupir.

Avant qu'il eût touché terre, Peter avait déjà commencé à le déshabiller.

— Pauvre diable! murmura-t-il pendant qu'il accomplissait son opération avec le plus grand sang-froid, ça été bientôt fait; si le petit Robert était là il ne manquerait pas de me faire un sermon là-dessus:... comme si on pouvait s'amuser à faire de la sensiblerie en pareille occasion !

Sa toilette fut bientôt expédiée ; Simpson y mit un art infini et se rendit coquettement jusqu'au bord du ruisseau pour s'y mirer un peu. Cette inspection lui donna une satisfaction complète.

— Quel merveilleux Indien je fais, dit-il en arrangeant par ci par là un détail de parure.

Ce qui lui avait donné le plus de peine, c'était la mèche du scalp ; sa chevelure ébourriffée et laineuse se montrait rebelle et ne voulait pas se réunir au sommet de la tête suivant les exigences de la coiffure indienne.

Quand tout fut accompli à sa satisfaction, il jeta un regard autour de lui, savoura en amateur le magnifique coup-d'œil d'une clairière verdoyante au fond de laquelle apparaissait le village indien semblable à une réunion de ruches gigantesques.

Après quelques instants accordés à l'admiration, Peter songea que le temps pressait, et se disposa à agir.

Aussitôt après son départ, Assawomset s'était fait un nid dans les feuilles et s'y était endormi. Plusieurs de ses compagnons l'avaient imité: Robert et John Hendrick, seuls, causaient ensemble. La conversation roulait sur un sujet cher aux jeunes gens; l'un parlait de Lucy, l'autre de Mary.

Tout-à-coup, une voix basse et gutturale s'éleva derrière eux:

— Vous ne reverrez plus la fille Face-Pâle, dit-elle.

Tous deux bondirent sur leurs pieds et regardèrent.

A quelques pas était appuyé contre un arbre un Indien de haute stature, blessé à la tête et le visage ensanglanté.

Les jeunes gens saisirent leurs fusils et se disposèrent à faire feu.

L'Indien leur fit un signe de la main:

— Que les Faces-Pâles ne tirent pas. Winnopuchet va bientôt rejoindre Sonwanna (le *Grand Esprit*) au milieu des chasses heureuses.

— Que cherchez-vous ici? demanda Robert toujours en garde.

— L'Indien blessé cherche un abri — il a trouvé une piste et l'a suivie.

Cependant ce colloque avait fini par éveiller Assa: en apercevant l'Indien il voulut se jeter sur lui, le tomahawk levé.

Robert fit un mouvement pour retenir le Mohican :

Au même instant, la voix railleuse de Simpson se fit entendre :

— Ah! par ma foi! le tour est bon! personne ne me reconnaîtra puisqu'Assawomset ne m'a pas reconnu.

Malgré la gravité de la situation, personne ne put s'empêcher de rire; on entoura le faux Winnopuchet, et on l'accabla de questions.

Après avoir longuement organisé son plan et donné ses instructions d'une manière très précise, Simpson se mit en marche pour accomplir sa périlleuse excursion dans le village.

CHAPITRE XV

D'ESTOC ET DE TAILLE

Le soir était venu et les ombres des grands arbres s'allongeaient indéfiniment dans la vaste clairière où Mary Dickons était captive.

Assise à côté de son amie Indienne, elle échangeait avec elle des projets d'évasion.

Cependant leur conversation était gênée par les allées et venues continuelles d'un Indien qui ne cessait de passer devant elles en les observant avec persistance.

Quelques autres guerriers se montraient çà et là, indifférents en apparence, mais guettant toujours, prêts à s'élancer comme des lévriers à la moindre alerte.

Pendant quelques instants le village parut désert, tous ses habitants étant rentrés sous les toits de leurs wigwams.

A ce moment, l'Indien se rapprocha des deux jeunes femmes :

— Attention ! mes enfants, leur dit la voix bien connue d'Œil-Sincère, ne faites pas un mouvement, pas un geste, ne dites pas un mot, et écoutez moi.

— Oh! c'est vous, cher Simpson ! s'écria Mary, oubliant aussitôt la recommandation que lui faisait le chasseur ; et nos amis sont-ils là ?

— Tonnerre ! grommela Peter, les femmes sont toutes folles. Ne vous ai-je pas dit de retenir votre langue. Taisez-vous, ne me regardez pas et écoutez bien mes instructions.

— Comme il est bien déguisé ! murmura Mary en joignant les mains avec admiration, sans penser qu'elle commettait une nouvelle imprudence.

— Je m'en flatte ! répondit Simpson plus enorgueilli de ce naïf compliment qu'il ne voulait le paraître. — Weetamoo, ouvrez l'oreille.

— Moi, j'écoute Œil-Sincère, répondit la jeune femme.

— Attendez-vous à ce que je vous fasse évader ce soir. — Chut! attention, voilà des Indiens ! continua Peter en reprenant ses allures sauvages.

Effectivement, un groupe d'Ottawas s'approchait; le chasseur ne pût esquiver l'abordage ; il se tint raide, comme il convenait à un guerrier, et se prépara à bien répondre.

Au luxe surabondant de sa toilette, on le prenait pour un chef; on le traita, en conséquence, avec distinction.

— D'où vient mon frère?

— De la part du grand Sachem Philippe de la tribu des Pauhamakets.

— A quelle peuplade appartient mon frère?

— Aux Pokanokets.

— Où est le Sachem?

— Je suis parti avec lui à l'Ouest de Swansey.

— Mon frère connait-il la direction prise par le Sachem, afin que mes guerriers puissent le rejoindre?

— Le grand Roi est sage, sa bouche fermée; que mon frère s'attende à suivre le sentier de guerre avant que les feuilles deviennent rouges.

— Mes jeunes hommes sont prêts, leurs couteaux aiguisés; nous rejoindrons le grand Sachem avant la lune prochaine. A quel moment sera-t-il disposé à entrer en campagne?

— Il combattra à Swansey; mais les Ottawas se rendront à Sunk-Squaw.

— Mon frère est blessé?

— C'est la carabine du grand guerrier Œil-Sincère, qui m'a atteint.

— Pourquoi mon frère l'appelle-t-il « Grand? » pourquoi fait-il l'éloge d'un ennemi?

— Œil-Sincère et le Mohican ont tué plusieurs de vos braves; leurs scalps remplissent le wigwam d'Assawomset; vos jeunes hommes ne peuvent les atteindre. Œil-Sincère est rusé comme le

renard, léger comme le daim ; — c'est un grand
guerrier, le Grand-Esprit est en lui.

— C'est un lâche ! reprit le sauvage, il fuit devant nous comme une femme.

— Ah ! gredin ! ignoble menteur de cuir-rouge !
vagabond effronté ! impudent bavard ! murmura
intérieurement Peter ; si je te tenais au coin d'un
bois, comme je te ferais rentrer les paroles dans
la gorge.

Tout à coup il se retourna d'un air effaré :

— Entendez-vous ?.... fit-il en indiquant la
forêt.

Une voix fugitive criait de loin :

— Par ici, vermines ! vous cherchez un homme,
car il n'y en a pas chez vous ! regardez par ici !
vous verrez un guerrier qui n'a pas peur ! vous
trouverez Œil-Sincère ! il se rit de vous, vieilles
femmes ! corneilles ! hérissons ! animaux lâches
et couards ! par ici !

La voix s'éloignait et se rapprochait comme
celle d'un homme qui court rapidement.

Tous les Ottawas firent un mouvement dans la
direction de cette insolente voix.

— Écoutez encore ! fit le faux Indien.

Les apostrophes lointaines allaient leur train :

— Chiens des bois ! vous tremblez quand un
guerrier vous parle : comme des lapins vous regardez du côté de vos tanières lorsque vous apercevez l'ombre d'Œil-Sincère ! vous courez comme
des moutons à son commandement ! — il vous
méprise ! il vous châtiera avec la baguette de son

fusil, il vous tuera par terre comme des crapauds ou des araignées !

La voix s'éloignait; peu à peu les dernières paroles devinrent indistinctes ; l'audacieux provocateur s'enfuyait, on n'entendit plus rien.

Les Ottawas s'élancèrent comme un seul homme à la poursuite du « chien des Faces-Pâles ».

Simpson resta seul auprès des deux jeunes femmes. Il se tenait les côtes de rire :

— Je les ai un peu émoustillés, je pense ! dit-il en reprenant haleine : à présent, ne perdons pas une minute, en route, mes prisonnières !

Tous trois s'élancèrent rapidement et purent, sans être remarqués, gagner la lisière du bois. Aussitôt à l'abri dans le fourré, Simpson s'orienta et regagna en droite ligne l'endroit où campaient ses compagnons.

Après les premiers instants donnés à l'effusion de la joie, le chasseur, qui ne s'oubliait en aucune circonstance, donna le signal du départ; on se remit en route dans le plus grand silence ; Peter en tête, les deux jeunes femmes derrière lui, ensuite les volontaires du village, enfin Assa-womset qui formait l'arrière-garde avec Harris et Dickons.

On cheminait depuis environ une demi-heure lorsque des hurlements épouvantables, partis du village Indien, annoncèrent que l'évasion des prisonnières était découverte.

12.

— Faites du bruit! vermines! dit tranquillement Simpson ; égosillez-vous ! il est trop tard maintenant. Allons, amis ! doublons le pas, nous serons hors d'affaire quand nous aurons mis l'eau entre eux et nous.

Au même instant il remarqua le Mohican qui examinait l'amorce de son fusil.

— Qu'est-ce qu'il y a, Assa ? lui cria-t-il.

— Je retourne en arrière.

— Et pourquoi faire ?

— Pour scalper les guerriers qui avaient volé ma squaw.

— Il est enragé ! soupira Simpson. — Écoutez-moi, Assa, continua-t-il ; nous avons marché et combattu longtemps ensemble ; je vous ai sauvé la vie en maintes circonstances, je vous rendrai peut-être encore vingt fois le même service. Eh ! bien ! voyez ! nous avons entrepris de sauver cette jeune fille ; il faut la ramener aux settlements : ce n'est pas le moment de retourner en arrière. Vous le savez encore, ce n'est pas mon avis de tuer sans nécessité ; je trouve mauvais de répandre le sang à moins d'y être forcé. Enfin, que, diable ! deviendront tous ces gens là si nous les abandonnons au milieu du désert?

— J'irai seul : répliqua le Mohican.

— Tonnerre ! je sais bien que vous êtes trois fois plus entêté qu'un coq sauvage ; il serait plus facile de faire remonter l'eau à sa source que de déloger de votre tête une idée que vous y avez fourrée ; mais, entendez un peu raison · si vous

voulez attendre que nous ayons escorté ces gens
là jusque chez eux, je vous promets de retourner
en arrière avec vous, et de vous donner un coup
de main pour chasser cette vermine.

— Non, j'y vais tout de suite, répondit l'obstiné
Mohican.

Et, sans attendre de réplique, il prit avec la
rapidité d'un cerf la route conduisant au village.

Un combat pénible s'engagea dans l'âme du
chasseur placé entre l'amitié et le devoir : pourtant, après quelques instants de réflexion, il céda
à ce dernier sentiment, et donna le signal du
départ en poussant un profond soupir.

Lorsqu'ils furent arrivés au bord du ruisseau,
il quitta son déguisement et reprit ses vêtements
ordinaires. Puis, cachant avec soin dans un arbre
creux le costume du sauvage :

— Je les retrouverai un de ces jours, dit-il tristement, lorsque je reviendrai chercher les os de
mon pauvre Mohican et leur donner une sépulture. Ah ! mauvaise tête ! il faudra bien çà pour
le corriger !

Les settlers paraissaient, comme Simpson,
affectés de cette désertion bizarre qui devait
aboutir à la mort certaine du téméraire Indien.

Weetamoo seule avait l'air de trouver cette
conduite toute naturelle.

— Mais, lui demanda Mary, que deviendrez-
vous, s'il est tué ?

— Je dirai, répondit-elle avec un éclair dans les yeux, je dirai que le Mohican est un grand guerrier, — qu'il est allé seul contre l'ennemi ! La squaw Indienne n'est pas comme les squaws des Faces-Pâles, elle n'a pas peur.

— Cependant, vous savez qu'il est défendu de tuer sans nécessité. Le Bon Livre nous l'enseigne.

— Tout çà, bon pour Faces-Pâles, — pas bon pour Indiens ! Le Grand Esprit des Indiens n'enseigne pas ainsi : Tuer tout quand on peut : tuer homme, enfant, vieillard, squaw ; tuer tout chez l'ennemi ; jusqu'à ce qu'il se rencontre un guerrier plus fort qui vous tue à son tour. — Les Faces-Pâles en savent plus que l'Indien, ils suivent leur route : — L'Indien ne sait pas lire, il suit sa route ; c'est bon pour lui. — Je ne pense pas autrement.

A ce raisonnement appuyé d'une contenance de bête fauve, il n'y avait rien à répondre : Mary baissa la tête en priant Dieu d'éclairer la pauvre créature et continua la route en silence.

Le chasseur, doublement aiguillonné par le désir de retourner à l'aide du Mohican et par celui de reconduire les Settlers sains et saufs chez eux, pressait la marche au delà des forces humaines.

Bientôt ils arrivèrent au sommet d'une colline tellement bien située qu'on apercevait d'un côté la plaine où habitaient les Ottawas, et de l'autre la fumée des Settlements.

Tout à coup Simpson s'arrêta et regarda avidement en arrière : le bruit lointain d'un coup de feu venait d'arriver à ses oreilles. En même temps, on aperçut un Indien courant avec une vitesse prodigieuse : arrivé sur le bord du ruisseau il s'y jeta à corps perdu, le traversa en deux bonds et disparut dans le fourré.

Quelques secondes après on vit une bande de quinze ou vingt Peaux-Rouges dévorant l'espace à sa poursuite : ils traversèrent à leur tour le torrent et plongèrent dans le bois.

Tout cela apparut et disparut comme un éclair.

— Ah ! voilà ce que je craignais ! dit précipitamment le chasseur ; voici la bataille, maintenant ! Vite ! vite ! arrangeons des troncs d'arbres autour de nous, en forme de retranchement ; les femmes au milieu de nous, cachées sous les feuilles. En avant, un grand amas de broussailles ! visitez les amorces ! et attention !

Tout en parlant, il joignait l'exemple à la parole, remuait d'énormes troncs, arrachait des arbres, avec une force herculéenne : en un clin d'œil, la forteresse improvisée fut en état de défense.

A ce moment il regarda au loin et vit Assa qui ralentissait forcément sa marche pour retrouver la piste des Settlers : Simpson, comprenant combien le moindre retard pouvait lui être fatal, poussa un cri aigu en forme de signal.

L'Indien, quoique très éloigné, l'entendit, fit un signe et s'enfonça en droite ligne dans les bosquets touffus qui le séparaient du camp.

Quelques minutes après il arrivait, hors d'haleine, tellement épuisé qu'il tomba sur le sol.

— Ah! obstiné garnement! il a fallu faire un temps de course après déjeûner! dit Simpson d'un ton moitié railleur moitié paternel.

Des clameurs horribles arrivant avec la rapidité de la tempête lui coupèrent la parole : On mit en joue et on attendit l'apparition des Indiens.

Ceux-ci tombèrent comme une avalanche sur le retranchement ; mais une décharge terrible coucha par terre dix d'entre eux ; chaque coup avait porté.

— Aux couteaux! aux tomahawks, maintenant! hurla Peter d'une voix retentissante: attendez-moi, vermines! voilà l'homme! voilà Œil-Sincère !

De son côté, le Mohican avait poussé son terrible cri de guerre.

Le combat s'engagea corps à corps avec un acharnement effrayant. Les Settlers firent merveille, mais ce ne fut pas sans éprouver des pertes ; le brave Harris fut tué au moment où il venait de faucher littéralement deux Indiens, d'un coup de sa lourde hache.

Simpson s'enlaça dans une étreinte mortelle avec le chef : ce fut l'affaire d'une seconde ; l'Ottawa, renversé par l'impétueux chasseur, eut la gorge traversée d'un coup de couteau. En se relevant Peter reçut un coup de feu dans le bras gauche; son bras droit fut prompt à la vengeance:

d'un coup de tomahawk il enleva au sauvage la moitié du visage.

Le Mohican ne touchait pas terre; ses deux bras, rouges de sang, tourbillonnaient comme deux faulx ailées; ses adversaires tombaient au tour de lui, tailladés, déchiquetés, foudroyés. Il ne reçut pas une égratignure.

Cependant un renfort survint aux Indiens, et la position des Faces-Pâles devenait critique lorsqu'un feu de peloton éclata sur le flanc : Les Ottawas furent instantanément dispersés comme par l'explosion d'une mine.

Au même instant apparut à travers le feuillage la haute taille de l'Inconnu; un détachement de Settlers le suivait.

— Chère enfant! cria-t-il à Mary; j'arrive à temps pour vous sauver : je....

Il ne put achever, la balle d'un Peau-Rouge le frappa en pleine poitrine; il tomba dans les bras de Dickons qui s'était avancé pour le recevoir.

La bataille était finie, les Ottawas s'enfuyaient éperdus, semant sur la route des blessés et des mourants que leurs forces abandonnaient les uns après les autres.

Assawomset ne put résister au plaisir de les poursuivre un peu; mais il revint bientôt pour faire sur le champ de bataille sa moisson de scalps.

Le chasseur, furieux de sa blessure, la première qu'il eût reçue, envoyait aux Indiens les malédictions les plus foudroyantes.

— Moi, vous guérir : lui dit Weetamoo ; — çà rien du tout — marque glorieuse.

— Oui ! oui ! merci de ta gloire ! ah ! vermines ! vous me paierez celle-là ! murmura le vindicatif Simpson pendant que la jeune Indienne le pansait avec toute l'adresse et la délicatesse possibles.

— Vous êtes une bonne créature ! continua Peter se sentant soulagé ; s'il ne dépendait que de moi, il n'y aurait sur la terre d'autres Indiens que vous et Assawomset.

Un sourire fut la réponse ; bientôt une scène plus triste attira l'attention de tous les assistants.

L'inconnu, mourant, avait été relevé par Dickons et déposé sur un lit de feuilles, la tête appuyée contre un tronc d'arbre.

Mary s'était agenouillée auprès de lui, priant avec ferveur pour cette âme qui avait été si malheureuse sur la terre.

On voulut essayer de panser sa blessure.

— Laissez, murmura-t-il avec un souffle de voix ; tout est fini ! le seul remède pour moi sera dans les prières de cette jeune fille.

Puis, tournant vers Mary ses yeux déjà ternes et voilés par les premières ombres de la mort.

— Merci, enfant ! vous avez réveillé un écho dans le ciel ; j'entrevois une espérance ;.. j'ai expié durant ma misérable vie le crime... le crime... que vous savez : aujourd'hui, mon sang versé pour une bonne action, lavera ma souillure ; j'espère ! oui je l'espère !

Un tremblement convulsif l'agita ; il se souleva péniblement sur le coude.

— Soldats ! dit-il avec un éclat de voix surhumain, ne versez jamais le sang innocent !

Puis il s'affaissa sur lui-même : Goffe le régicide se présentait au jugement de Dieu.

ÉPILOGUE

Quelques jours après les événements dont nous venons de parler c'était fête aux settlements: Après l'orage, le beau temps.

C'était même une double fête : Mary Dickons devenait mistress John Hendricks, et Lucy Hendricks, devenait mistress Robert Willet.

Simpson dansa tant que sa blessure se trouva guérie comme par enchantement.

On peut voir par là que les réjouissances furent magnifiques, et qu'il n'y manqua rien.

Rien!... pas même une paix profonde et durable, car le roi Philippe fut pris au bout de peu de temps par le colonel Church, commandant du district, qui survint avec des forces suffisantes.

Le même Philippe fut pendu au gibet dressé sur le terrain même de son village indien, et

resta exposé ainsi pendant trente jours aux re=
gards effrayés de ses anciens complices.

De cette époque date la longue période de pros-
périté tranquille dans laquelle vécurent les Settlers du Massachusetts.

Durant bien des années Œil-Sincère et son ami
Assawomset furent la sécurité des colons et la
terreur des Indiens. Pour faire fuir les hordes
sauvages, il suffisait de prononcer le nom du
SCALPEUR DES OTTAWAS.

FIN.

TABLE DES MATIÈRES

—

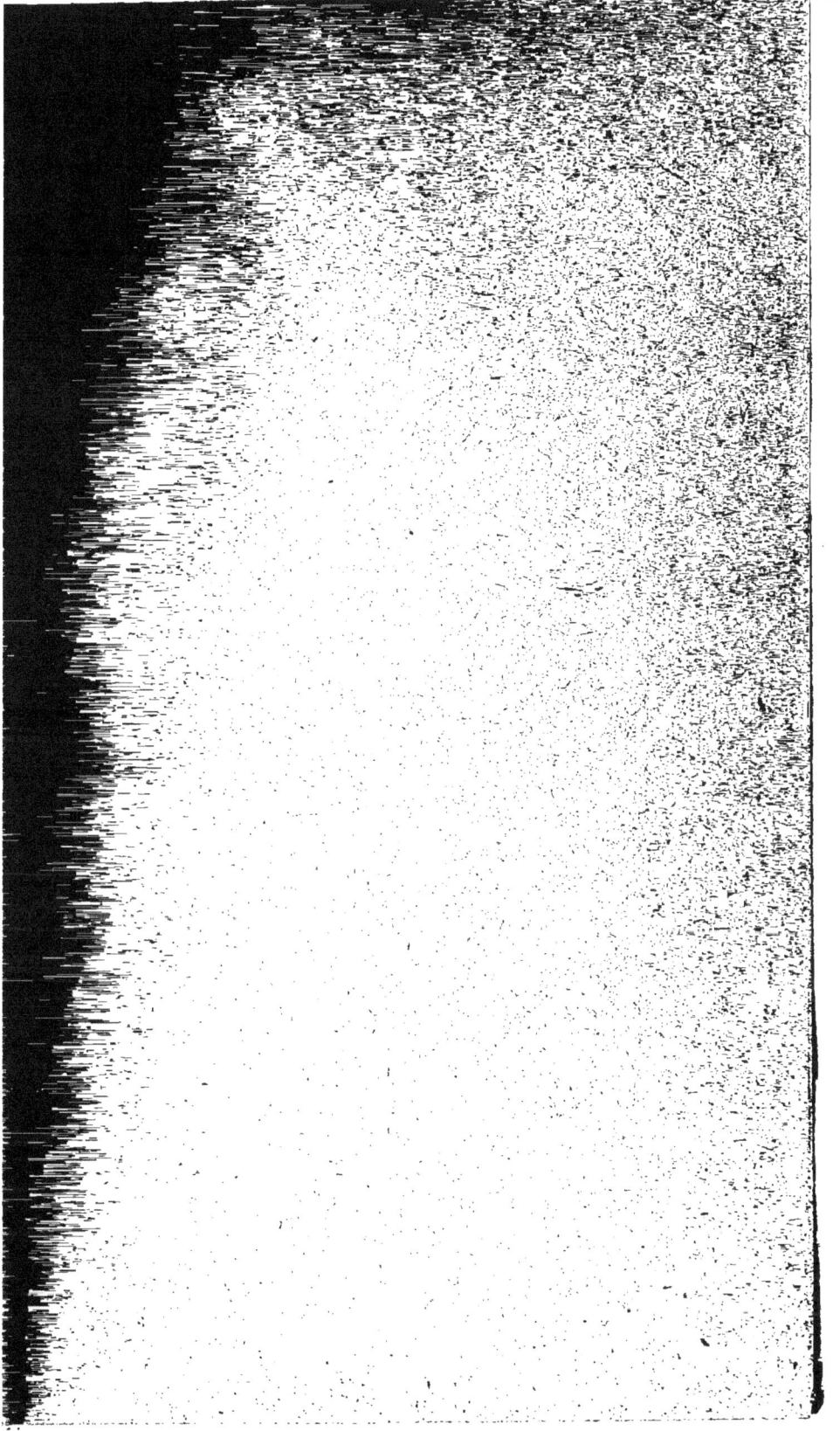

www.ingramcontent.com/pod-product-compliance
Lightning Source LLC
Chambersburg PA
CBHW061443030726
47503CB00005B/1540